猫弁と鉄の女

大山淳子

講談社

目次

猫弁と鉄の女

登場人物

百瀬《ももせ》太郎《たろう》　通称猫弁《ねこべん》
大福《だいふく》亜子《あこ》　百瀬の婚約者
宇野《うの》勝子《かつこ》　衆議院議員
森《もり》林蔵《りんぞう》　伝説の木こり
佐々木《ささき》学《まなぶ》　宇野勝子の政策秘書
小高《こだか》トモエ　ひとり暮らしの婦人
恩田《おんだ》　もえぎ村のイケメン村長
野呂《のろ》法男《のりお》　百瀬法律事務所の秘書
仁科《にしな》七重《ななえ》　百瀬法律事務所の事務員
正水《まさみず》直《なお》　浪人生
シュガー・ベネット　受刑者

登場動物

テヌー　百瀬と暮らすサビ猫
ポチ　サモエド
パスカル　カメレオン
マリ　ニホンザル
長老　老猫

第一章　犬も歩けば

犬も歩けば棒に当たる

黒板に書かれた白い文字は葦《あし》のようにのびやかだった。

百瀬《ももせ》太郎《たろう》、小四の春。教室での出来事である。

「これはことわざです。いったいどんな意味でしょう？」

教師の言葉に教室はざわついた。

新学年になって初めての授業で、一時間目は算数。教科書通りにゆけば角の測り方を学ぶ予定で、生徒はみな分度器を用意していた。

犬も歩けば棒に当たる

教師は女性で、度の強いめがねをかけていた。担任の挨拶もせずにいきなりの難題。とまどった生徒たちはやがて近くの席の子と言葉を交わし始めた。「棒」は六年生で習う漢字なので読めない子もいた。

学校図書室の本を全読破していた百瀬は、そのことわざを一度ならず目にしていたし、江戸時代に生まれたいろはかるたの「い」に当たることを承知していた。「ろ」は「論より証拠」で、「は」は「花より団子」で、「に」は「憎まれっ子世にはばかる」である。意味もわかっているつもりでいた。

犬だって歩き回れば何かしらに遭遇する。つまり、行動すれば得るものがある、という意味。しかしあらためて問われると、自信が揺らぐ。

なぜ「棒」なのか。せめて「骨」とか、犬にとって「よいもの」でなくてはおかしい。「棒」は歓迎できるものではないだろう。犬のように機敏でも、障害物にぶつかってしまうこともある、という意味だろうか。つまり災難や失敗を示唆する言葉で、「猿も木から落ちる」や「弘法《こうぼう》にも筆の誤り」の類語だろうか。

教師が何も言わないから、生徒たちは自然にグループに分かれ、好き勝手に話を始めた。「五月の遠足では同じ班になろうね」「今日うちに遊びに来る？」

さわがしくなっても、教師は注意しなかった。

百瀬は正解が知りたくて、手を挙げた。

「先生、答えは何ですか」

「わたしは知らない。知らないからみんなに聞いたのよ」

「えーっ」

生徒たちの驚きの声が響く。

「だってこれは今生きている人がひとりも存在しなかった時代に生まれた言葉なの。わたしたちにできることは、自分たちで意味を見つけること。さあみんな、考えて。意味を見つけたら教えてちょうだい」

生徒たちはとまどうばかりで、誰も発言できなかった。チャイムが鳴って休憩時間に入っても、白い文字は黒板に残っていた。百瀬は文字を見つめ続けた。二時間目が始まると教師は文字を消し、教科書を開いて国語の授業を始めた。

百瀬はその日、学校帰りに公立図書館に寄って調べてみた。すると、原義にはふたつの意味があった。

犬だって歩き回れば人に棒で殴られることもある。つまり、行動には災難がつきもの、という注意喚起の意味。

それとは別に、行動すれば得るものがある、という意味もちゃんとあった。百瀬の解釈も間違ってはいなかったのだ。

真逆の意味になるので、発言したほうは注意喚起のつもりでも、聞いたほうは背中を押されたと受け止めるかもしれない。

言葉は生きものであり、シチュエーションによって変化する。教師が言う「自分たちで意味を見つける」に納得した。この時、自由を手に入れた気がした。その思いを教師に伝えようと思った。

ところが翌日、男性教師が現れて、「昨日は体調不良で休みました。初日に自習をさせてしまって悪かったね」と、担任の挨拶を始めた。

昨日の先生は代理だったのだ。担任は学校一人気者の若い教師で、みずみずしい話しぶりにみな引き込まれて、昨日のように立ち歩く生徒はいなかった。

百瀬は不服であった。

「自習ではなく、ちゃんと授業を受けたんだけどなあ」

その後も件《くだん》の女性教師には会えず、手に入れた自由について話すことができなかった。

子どもの頃のそんなひとこまを思い返しながら、四十過ぎの独身弁護士百瀬太郎は、前を見ながら足早に歩く。

数メートル先に、真っ白な犬が歩いてゆく。ゆるやかに巻いた尾の豊かな毛が左右に揺れ、三十キロはありそうなたっぷりとした体躯《たいく》だ。その脇を小柄な老婦人が歩いている。おそろいの白髪が朝日を反射してまぶしい。気がかりなことに、婦人と犬はつながっていない。リード無しの散歩だ。首輪すらない。

百瀬は顧問契約先での仕事を終え、事務所へ向かう途中であった。朝食抜きだったので、カフェに寄り、ホットドッグをかじっていたところ、リード無しの犬を目撃し、あわてて店を出て、あとを追ったというわけだ。

『動物の愛護及び管理に関する法律』（昭和四十八年法律第百五号）第三章には、飼い主の責務が次のように定められている。

「動物の逸走を防止するために必要な措置を講ずるよう努めなければならない」

つまり、目の前の状況はこの条項に違反している。

以前持ち込まれた依頼を思い出す。

「隣の犬が庭で放し飼いにされている。塀を飛び越えて入ってこないか、噛《か》まれやしないか、怖くて夜も眠れない」

実際に訪問してみると、塀は一メートル五十もあり、問題の犬は走るのすらおぼつかない年寄りチワワであった。依頼人の心配は杞憂《きゆう》だったわけだが、近所付き合いが希薄となった昨今、隣人の生活が見えないゆえに生じるこのような依頼が増えている。

さて、前をゆくのは大型犬である。通行人に恐怖を与え、通報されるかもしれない。騒がれたら、「逸走」する可能性は大である。

百瀬はあとを追いながら、声をかけるタイミングを見計らっていた。すると、婦人は立ち止まった。なんと、交番前である。婦人は中を覗《のぞ》き込《こ》む。

「ごめんくださぁい」

上品な声だ。

「おはようございまぁす」

婦人の足元で、犬は忠犬ハチ公のように座している。

百瀬は声をかけた。

「巡回中のようですね」

婦人は振り返った。躍るような瞳には好奇心と親愛の情が宿っている。この人とは話が通じそうだ、と百瀬は思った。細かなウエーブがかかった白髪に縁取られた丸い顔は愛らしく、人形みたいだ。

目が合った瞬間に「通じる」と思える人がいる。

大福亜子《だいふくあこ》との初対面は最悪だった。結婚相談所で、職員と会員という間柄であったし、かなり厳しい態度で応対されたので、百瀬は会うたびに胃が痛くなり、「この人とは話がかみあわない」と痛感した。しかし今では婚約者。不思議なものだ。

初対面の印象とその後の人間関係の統計的考察を追究したいが、まずは目の前の犬をなんとかせねばならないと気を引き締めた。

交番のデスクには『巡回中』と札が立ててある。

「何かお困りですか」

「良かった、いらしたのね」

婦人は相好を崩した。百瀬を巡査だと思ったようで、ほっとしたように中に入り、椅子に座った。すると犬も後に従い、婦人の足元で伏せた。躾《しつけ》が行き届いている。血筋も育ちも申し分なさそうだ。

百瀬もつられて中へ入ったが、巡査の席に座るわけにもいかない。立ったまま話を聞くことになった。

「朝市でお野菜を買って、手押し車に詰めたんですの。大根だけ入りきらなかったものですから、載せたんです」

「どこに載せたんですか？」

「手押し車の座面にです」

座って休むことが可能な、椅子の形をしたシルバーカーだと百瀬は理解した。

「帰り道を歩いていますと、はずみで大根が落ちてしまいました。大根を追いかけますとね、迷子がいまして」

「迷子？」

「ええ、とても不安そうに、ひとりぼっちで立っていたのです。おかあさんはどこ？　おうちはどこ？　と尋ねても答えない。わたし思いましたの。迷子は交番に届けないといけないって」

「迷子というのは」

「この子です」と、婦人は足元の犬を見た。

なるほど、リードがないのは、彼女の犬ではないからだ。

犬は顔を上げた。婦人に似たつぶらな瞳である。

婦人はにっこりと犬に微笑《ほほえ》みかけ、「心配しないで」とささやいた。魂の濁りのなさは犬にも伝わるようで、こうして素直についてきたのだろう。犬も歩けば……の、良い方の結果になった、と言えるのだろうか。

百瀬は考えた。交番に連れて来られて、この犬は幸せになるのだろうかと。

婦人の手を離れた先で、動物愛護センターに送られ、どのような処遇が待っているのだろう。殺処分ゼロは東京のスローガンではあるものの、衰弱がひどいなどの理由で致死処分は今も行われている。都はあくまでも「例外として、動物福祉の観点から」と説明しているが、この例外は、譲渡と数が拮抗《きっこう》しているのだ。半数を占めるのに例外と呼べるのだろうか。また、譲渡されたとしても、譲渡先の多くは個人ではなくＮＰＯで、彼らの負担も年々増しており、窮屈な環境で里親を待ち続ける動物たちが少くないのが実情だ。

百瀬は尋ねた。

「手押し車はどうしました？」

婦人はハッとしてぐるりと周囲を見回すと、途方に暮れた顔をした。

「わたし……手押し車を置いて来ちゃったみたい」

「おうちのかたと連絡が取れますか？」

婦人はきょとんとした顔をした。

「ひょっとして認知症を心配してらっしゃるの？　大丈夫、それは心配ありません。わたし、何かに夢中になると、ほかのことを忘れてしまうタチなの。ご存知ですか？　物理学者のアインシュタインは物をなくす癖がひどくて、彼が去ったあとにはいつも何かしら忘れ物が残っていたんですって。たくさんの忘れ物をして周囲に迷惑をかけたとしても、世界的な業績を残したのですから、お釣りがきますわよね。あらあら、呆《あき》れた顔をしていらっしゃる。わたしは自分がアインシュタインだと言い張るほどうぬぼれ屋ではありません。けれど、年寄りが忘れものをすると即認知症と結びつけるのは早計じゃありませんこと？　若い人たちが忘れると、ド忘れって笑って済ませるのに。あなたはどう？　忘れものをなさらないって言い切れる？」

「忘れもの……」

百瀬は青ざめた。

「わたしも……置いて来てしまいました」

新築ビルのはざまに今にもくずれそうな三階建てのビルがある。

再開発が盛んな新宿にも、たまにこういうマニアが好みそうな建築物が残っている。

一階のドアは「入るな危険」と警告するごときショッキングイエローで、その中央にはしぶい銀色のプレートに『百瀬法律事務所』と表記されている。

そもそも法律事務所というものは多くの人間にとって近寄りがたいものだし、ましてやここは色が色だし、切羽詰まった事情がなければドアを開けてみようと思う者はいまい。

そこへ、肩をいからせ怒り心頭といった顔つきの女がやってきた。段ボール箱を小脇に抱え、まるで道場破りのように勢いよくドアを開ける。

「信じられません！」と仁科七重《にしななえ》は叫んだ。

ふぎゃおう、と猫たちの雄叫《おたけ》びがそれに応える。

ボス（百瀬太郎）はまだ出勤しておらず、秘書の野呂法男《のろのりお》と、十三匹の猫、猫の往診に来た獣医の柳《やなぎ》まことがいる。

法律事務所になぜ猫が十三匹いるのか。

ペット訴訟の末に引き取り手がなくなった猫たちを「一時的にあずかる」ことによ

り、こういう事態となっており、つまりここは、猫の避難所なのである。

業界では「猫弁《ねこべん》」と揶揄《やゆ》されており、常に十四前後の猫がここで暮らしている。里親が見つかって巣立つ猫もいれば、天寿を全うした猫もおり、これをもって一時あずかりと言えるかどうか微妙だ。

猫たちの健康管理を引き受けているのが、まこと動物病院の院長、柳まことである。病院は世田谷《せたがや》にあるが、訪問診療を中心に活動している。

事務所内に猫があふれていることは近所でも有名で、百瀬は「無類の猫好き」と思われており、黄色いドアの前に猫を捨てていく不届き者も多い。

七重は「監視カメラを設置したい」とボスに訴えるが、「ほかで捨てられるよりはマシです」と応じてもらえない。「ここに捨てる人は猫の幸せを願ってのことでしょう」などと呑気《のんき》を言うボスに、七重は「わたしどもの幸せはどうなります？」と問い返す日々だ。

「ちょっとー、七重さん、困るなあ」

まことは年寄り猫の採血中であった。七重の叫びに驚いた猫は、戸棚の上に駆け上がってしまった。

「まこと先生、いらしてたんですか！」

七重は嬉《うれ》しそうに駆け寄る。事務員とは名ばかりで実質猫の世話係の七重は、美しいハンサムウーマン、まことの大ファンだ。

「新婚生活はいかがですか？」

「悪くないよ」

まことは三毛猫をつかまえて、歯の検診を始める。

「早く会わせてくださいな、金城武《かねしろたけし》に」

「だから、金城武じゃないってば」

まことは結婚を報告だけで済ませた。スマートフォンで「わたしの旦那」と見せてくれた画像は、国際的スターの金城武であった。正確に言えば、七重の目にはそう見えた。スターが結婚したのにワイドショーでは取り上げられない。ゆえに七重はまことの結婚報告に疑念を持っている。疑いを払拭するためにも結婚式をして欲しいし、せめて新郎に会わせるくらい、「してくれろ」と切望している。

「ほんとはドラえもんみたいな男じゃないんですか？」

「わたしは面食いだからドラえもんとは結婚しない」

「わたしだって面食いですよ。若かりし頃は沢田研二《さわだけんじ》のファンクラブに入っていました」

「じゃ、旦那は沢田研二に似てるわけ？」

「いいえ、かわうそにそっくりです」

「かわうそ？　かわうそって、どういう顔でしたっけ」

野呂が口を挟んだが、好みの男の話をしている女たちの耳には届かない。

まことは言う。

「わたしは美しい顔と丈夫な肉体を持った男にしか惹《ひ》かれない。特に額から鼻梁《びりょう》にかけた線にはこだわりがある。それと、前腕筋にはうるさいよ。男の上腕二頭筋に胸をときめかす女が多いけど、わたしはだんぜん前腕筋にこだわるね」

「ずいぶんと細かいですねえ」七重はあきれ顔だ。

「世界人口は七十八億。その半分が男だとして、三十九億人の中からたったひとりを選ぶのだから、極限的に趣味で絞るしかないでしょう」とまことは得意顔だ。

「百瀬先生はどうです？　そのなんとか筋とやらは」

「前腕筋はそう悪くない。けどさ、そもそも論外なんだよね。骨格的に論外」

けんもほろろだ。

野呂は「論外な骨格とはいかに？」と思ったものの、自分が槍玉《やりだま》に上がらぬよう息を潜めて事務仕事に専念した。ふたりの女は彼を男とも思っていないようで、ちらとも話題には上らず、それはそれで寂しくもあった。

まことは歯科検診を終えた三毛猫を解放すると、七重の手元を見つめた。

「その抱えたままの段ボール箱は何？　さっきからカサカサ、妙な音が聞こえるけど」

七重は「あっ」と叫んだ。段ボール箱を抱えたままだということを忘れていたのだ。すぐさまデスクに置き、すぐさま離れた。そして声をかぎりに叫んだ。

「信じられません！」

意識がドアを開けた瞬間に戻った。

「信じられません！」

七重はもう一度叫ばずにはいられなかった。

箱の中にいたのは体長五十センチを超す灰色のカメレオンである。

まことが慎重に蓋を開けると、はじめは置物のように固まっていたが、やがてたどたどしく歩を進めた。箱をよじ登り、のたりのたりとデスクに降りると、体はみるみるエメラルドグリーンに染まった。

「お見事！　マジックのようですなあ」と野呂は感心した。

「何が見事です」

七重は憤懣《ふんまん》やるかたないという顔で、拳を握りしめる。

「今朝、わがやの台所で味噌汁《みそしる》の出汁《だし》をとっている最中に、百瀬先生から電話があったんです。カフェに忘れ物をしてしまったと。代理で取りに行ってもらえないかと」

「自分で行けって話だよな」

まことは目を輝かせて相槌《あいづち》を打つ。人の災難が面白くてたまらないのだ。

「忘れ物がカメレオンとわかっていたら、自分で行けと言いましたよ。けど、ふつう、書類だと思うじゃないですか。弁護士が忘れ物をしたら書類だと！」と七重は訴える。

「弁護士だったらな。あいにくおたくの先生は猫弁だ」

「そう、それですよ。なにせ出汁をとっている最中で、わたしは隙だらけでした。百瀬先生は言ったんです。ついでにカフェで好きなものを召し上がってくださいと。おわびにご馳走《ちそう》させてもらいますと。出勤時間は遅くなってかまわないと」

「好条件を並べたってわけだ。猫弁もなかなかの策士だな」

「出勤途中にあるカフェです。しゃれたインテリアで、値段がちょっとお高めなんです。フレンチトーストが人気メニューで、テレビで取り上げられたこともありました。わたしは雇われの身ですしね、ボスの指示通りに馳《は》せ参《さん》じましたよ。もちろんフレンチトーストをいただくつもりでした。だから朝ご飯抜きでそりゃあもう前のめりで行ったわけです」

「味噌汁はどうした？」

「旦那にあとはよろしくと言って、鍋の火を消して家を出ました。味噌を入れてないので、旦那はだし汁を飲んで出勤したんじゃないですか。うちの旦那ときたら味噌のありかも知らないんですから。とにかくわたしは空《す》きっ腹《ぱら》でカフェに行き、百瀬法律事務所のものです、と店員さんに言いました。気味の悪い顔をされました。なんですかこう、睨《にら》み付《つ》けるような目をして、すぐさま奥へ行ってくださいと言うのです。タダゴトではないと思いましたよ。言われた通りに行きますとね、そこはスタッフの控室で、テーブルの上にぽつんとこの段ボール箱がありました。カサコソ妙な音を立てているじゃないですか。店員さんが言いました。お忘れ物はそれです、飲食店に両生類を持ち込まれたら困りますと」

「カメレオンは爬虫類《はちゆうるい》だけどな」とまことは言った。

するとと野呂が割り込む。

「両生類と爬虫類の違いって、何ですか？」

「見分け方は水との距離感だ。魚類から進化して初めて陸に上がったのが両生類。だから両生類は水の近くにいる。カエルとかね。両生類が進化したのが爬虫類。やつらは水から離れても暮らせる。ヘビやトカゲ、そしてカメレオンだ」

七重が「いいから話の続きを聞いてくださいよ」と言った。

「ひどくめんくらって、ひたすら謝りました。わたしには三人の息子がおりまして、ひとりは小五で亡くなりましたけど、息子というものはたいがい問題を起こすものです。三者三様のトラブルを起こして、わたしはそのたびに学校に呼び出されて頭を下げました。長男はケンカ、次男は窓ガラスを割り、三男はいじめられっ子をかばってプールに落ち、全身びしょ濡《ぬ》れ。思えば、一番おひとよしの三男が十一年しか生きられなかったのは」

七重が言葉に詰まると、「あったまくるよな」とまことは優しく言った。

「そうそれですよ。えっとなんでしたっけ、そうそう、カフェで頭を下げている時、ああ、男の子を育ててるってこういうことだったなと、久しぶりに思い出しました。フレンチトーストなんてとんでもない。箱を抱えてとっとと店から逃げました」

「しかしなんでカメレオンなんだ？」とまことは不思議がる。

「シェアハウスでのトラブルなんです」

野呂が説明を引き受けた。

「シェアハウスの住人がカメレオンを飼っており、同じシェアハウスの住人の鈴虫を食べてしまったのです」

「カメレオンに鈴虫って……なんだそれ」

「ペットと共生できるシェアハウスです。シェアハウス業界は今かなり進化していまして、スポーツ好きな人向けにジム付きハウスもあります。今回トラブルが起きたシェアハウスでは、人との関係が苦手で、動物や虫としか親友になれない、そんな人間たちが、せめて少しは人と関わろうと、一緒に暮らしているのです。それぞれが個室で自分のペットを飼っていて、リビングなど共用部分はペット立入禁止。もともとコミュニケーションが苦手な人たちの集合体ですから、トラブルが発生しやすく、自分たちでは解決できない。だからシェアハウスのオーナーはうちと顧問契約を結んでいます。今回は、鈴虫を食われたほうの怒りが収まらず、損害賠償を請求したいということでした」

「鈴虫って秋の虫ですよね」七重は首をかしげる。

「人工的に温度管理をして孵化《ふか》を早めるんですよ。マニアは卵から育てますからね。それにしてもなぜカメレオンがここに？　百瀬先生は今朝出勤前に現場を見に行かれたのですが、どうしてあずかることになったのか、謎です」野呂も首をかしげる。

「で、百瀬先生は今どこに？」

「電話では、迷子をどうとか言っていました」と七重は言った。

まことはやれやれ、と肩をすくめ、「カメレオンはうちであずかろう」と言った。

「いいんですか？」野呂と七重はハモった。

「カメレオンは繊細なんだ。猫がうじゃうじゃいるところには置けない。百瀬先生にはわたしから伝える。きつく言ってやるよ。簡単に生き物を引き受けちゃいけないし、引き受けたからには、カフェに置いてくるなんて言語道断だってね」

「とことん叱ってくださいね」

七重は厄介払いができるので、上機嫌だ。

まことはカメレオン入り段ボール箱と往診鞄《おうしんかばん》を抱えて外へ出た。初夏の太陽が降り注ぎ、快晴だ。見送る七重にまことは言う。

「おたくのボス、このあと迷子を連れて帰るかもしれないな」

七重は余裕の笑みを浮かべた。

「迷子は交番に。それくらいの分別はうちの先生にだってありますよ」

炊飯器の蓋を開けると、あまやかな湯気の向こうで、飯粒たちが起立している。つややかな乳白色の肌に半透明のベールをまとい、まるで花嫁のようだ。

「おはよう」

宇《う》野《の》勝子《かつこ》は花嫁たちに微笑む。

ベールはでんぷんがにじみ出たもので、うまみ成分である。

家庭科の教科書には「炊けたらしゃもじでほぐして、まんべんなく混ぜましょう」と書いてある。料理本もおしなべて「ほぐせ、混ぜろ、水分を飛ばせ」とたたみかけてくる。

勝子は混ぜない主義である。ベールが剝がされ、甘みが減ってしまうからだ。

昔のように土鍋や鉄釜で炊く場合は、混ぜることにより、水分の均一化が図れた。しかし今日《こんにち》の電気炊飯器でムラになることはない。健気《けなげ》に起立して、「おいしいうちに食べてください」と訴えている花嫁をしゃもじで張り倒してベールを剝ぐのは、

「愚策だ」と勝子は思う。

お姫様だっこをするように、そっと飯をすくい、茶碗《ちゃわん》によそう。食べる人に合わせて量を調整しつつ、二合の飯は四つの茶碗におさまった。

勝子はおごそかに「いただきましょう」と手を合わせる。

「いただきます」三人の声が返ってくる。

ここは一般家庭ではない。衆議院議員宇野勝子の個人事務所である。選挙区の新宿にある鉄筋コンクリート造の四角い家で、一階が事務所、二階は勝子の私邸だ。

父・宇野勝三《しょうぞう》は国民に愛された政治家であった。農家の三男として生まれ、国内産業を守るために政治を学び、地道な活動の末に当選すると、身を粉にして働いた。生涯政党に属さず、不思議と敵も作らず、最後は農林水産大臣にまで上り詰めた。閣僚となっても与党とは一線を画し、総理に物申すことも多く、「鉄の男」と呼ばれた。十年前に他界し、急遽《きゅうきょ》娘の勝子が地盤を引き継ぐこととなった。

勝子が国会議員になるのは申し訳ないほど簡単だった。喪中だったので、黒い服を着て、「父がお世話になりました」と頭を下げて歩くだけで、必勝だるまは両目を開けた。

毎朝秘書たちと事務所で朝食を摂《と》るのは、勝三の代からの慣習である。

ご飯、卵、香の物、味噌汁のみ。食材は、勝三が推奨した有機農法を遵守する産地から定期的に寄贈される。米、卵、野菜、調味料にいたるまで、希少な品である。選挙区民からではないし、価格的にも公職選挙法および政治資金規正法において許容される範囲だ。

清廉潔白。これも父の代から受け継いだ事務所のカラーである。

「志が正しいのは当たり前。手段も正しくあらねば政治とは言えぬ」

これが宇野勝三の理念であった。

勝子は生卵を割り、白飯の中央に落とす。白と山吹色のコントラストが美しい。芸術品を愛《め》でるように眺め、ひとすじの醬油《しょうゆ》を垂らすと、さっくりと混ぜて口へ運ぶ。

「やはり違うわ。有機ＪＡＳマークの卵は。黄身が濃厚」

勝子は同意を求めて周囲を見回す。

第一秘書の古井廣《ふるいひろし》と第二秘書の白川《しらかわ》カエは、「はい、お嬢様」と微笑む。ふたりは勝三の代から秘書を務めていて、勝子にとっては叔父、叔母のような存在である。ふたりとも後期高齢者だ。お嬢様と呼ばれた勝子も今年四十七歳になる。

唯一の若手である政策秘書の佐々木学《ささききまなぶ》は、生卵を拒否し、両面にしっかりと火を入れた目玉焼きを食す。

学生時代をロサンゼルスで過ごした佐々木は、帰国して官僚となったが、日本の全体主義に馴染《なじ》めず、民間企業に転職。そこでも同調圧力に嫌気がさし、政界へと逃げ込んだ。

はじめは宇野勝子事務所の「朝食しばり」に面食らったものの、他の事務所は夜の会食に引っ張り回されると聞くので、「朝なだけましか」と我慢している。

「なぜここにいるかって？　この職場にはパワハラがない。第一秘書と第二秘書はひからびた芋のようだし、ボスの宇野勝子はパワーそのものがない」

佐々木は親友にそう打ち明ける。

勝子はずんぐりとした体つき、どんぐりのようにくりっとした目が父親そっくりだが、しゃべりはスローモーで、演説に求心力がない。親の七光りも十年経《た》てば風前《ふうぜん》の灯《ともしび》である。そろそろ「政策」で打って出る時期だと佐々木は考える。

力強い政策、それを推し進める気迫。時には非情とも言える決断をする「鉄の女」として注目を集めたい。「鉄の男」の娘なのだから、「鉄の女」でなければならない、と佐々木は考える。

佐々木の夢は宇野勝子を日本初の女性総理大臣にすること。そして自分は内閣官房長官となって国政を牛耳るのだ。その野望を果たすべく、朝食につき合っている。

「次の総選挙は十月です」と佐々木は言った。

先週、国会が閉会するやいなや、衆議院議員は蜘蛛《くも》の子を散らすように地元の選挙区へ戻って行った。みな秋の戦いに向けて、準備を始めているのだ。

「閉会したばかりじゃないですか」

第二秘書のカエはたしなめるように言う。

干し芋は黙れ、と心の中で毒づきつつ、佐々木は言う。

「桃川《ももかわ》いずみは民自党の幹部と会食を重ねています」

勝子の箸は香の物を挟んだまま、止まった。

桃川いずみ。

四年前の選挙で彗星《すいせい》のごとく現れた才女。同じ選挙区で、「マドンナ候補」とマスコミにもてはやされた。若さと美貌と理解ある夫を持ち、高学歴。政治家一族でないことも、有権者の心をつかむ要因だ。

都民はそのほとんどが地方出身で、孤高の意識を持っている。父の勝三が一代で政治家になれたのも、そういった都民の心を摑《つか》んだからだ。二代目の勝子はどうしても「東京生まれの二世さん」という甘い位置付けとなってしまう。前回の選挙では桃川いずみにかなりの票を持っていかれて、苦戦した。

桃川いずみの名を聞くと、勝子は包丁の背で肩をトントンと叩《たた》かれるような恐怖を覚える。美貌、夫、学歴。自分にないものをつきつけられるのだ。

前回の選挙で逃げ切る形で当選すると、勝子は桃川いずみを頭から消去しようと努めた。しかし風の噂《うわさ》は嫌でも耳に入り、子どもが生まれたと聞いた。刃先が皮膚に食い込み、ひとすじの血が流れた。これでもう自分とは完全に違う世界の人となった、と考えることにより、気が楽になった面もあるにはあった。

なのにまた同じ土俵に立とうとするなんて。強欲すぎる。勝子は香の物を口に放り込み、四十七年間虫歯知らずのじょうぶな歯で、ばりばりと嚙み砕く。

勝子の心中も知らず、佐々木は追い打ちをかける。

「桃川いずみは出産経験があり、選挙にはそれが強みになります」

勝子はたゆまず食べ続ける。生産者に感謝しながらいただきなさいと、父に言われた。

「桃川いずみは保育園に落選した経験をもとに、働き方改革モデルを打ち出すようです」

勝子は箸を置き、皮肉めいた口調でつぶやく。

「彼女の夫は大手広告代理店勤務でしょ。年収一千万を超えるはず。彼女、そんなにあせって働き始めなくても、暮らしてゆけるでしょうに」

佐々木は気色ばむ。

「先生、それを口にしてはいけません。男女にかかわらず、働きたい人が働きたいタイミングで働ける、それが現代の民主主義というものです」

「佐々木くんの意見に賛成です、お嬢様」と言ったのは、第一秘書の古井だ。

「女は夫に養ってもらえという考えは古いと、年寄りのわたしですら思います」

「そんな考えは持ったことがない。だってわたしには夫がいないもの」

勝子は肩をすくめた。

「男だから女だからじゃないのよ。収入を世帯という単位で考えたの。妻の年収が高ければ、夫が育休をとればいい。逆もあっていい。三年くらいは親が保育に専念できる環境を作るほうが、子どもにとってはいいんじゃないかしら」

「子どもには選挙権がありませんからね」と佐々木はにべもない。

「選挙で票を得るには、有権者に訴える政策でないといけません」

出た、ユウケンジャー。

勝子は心の中で舌を出す。佐々木はなにかにつけ有権者、有権者とうるさい。だからひそかにあだ名を付けたのだ。父はよく言っていた。「票を取りに行ってはいけない。票はついてくるものだ」と。

佐々木は銀縁めがねの奥から鋭い視線を勝子に向ける。

「先生、現実を見なければいけません。桃川いずみは与党の推薦を得て戦いにくるのです。こちらも臨戦態勢を整えないといけません。選挙公約にふさわしい政策案をまとめてみましたので、読み上げていいですか」

勝子はしかたなくうなずく。

佐々木は最新モデルのデスクトップパソコンのモニターを見ながら声を張る。

「まず第一に、消費税率の引き下げを謳《うた》います。これを嫌がる有権者はいません。第二には、災害不況下における短期的なベーシックインカムの導入。新しい考え方ですが、資本主義偏重のリスクを回避するには、整備しておいたほうが良い法案です。災害は、自然災害、原発事故、パンデミックも含みます。すべて記憶に新しいため、有権者の心をつかむでしょう。第三には、原発ゼロを目指す自然エネルギーへの抜本的改革。これは国際的な流れです。宇野先生は与党とのしがらみがないので、原発事業者に忖度《そんたく》せずに訴えることができます。第四には、憲法論議の民主的な推進。右だの左だの不毛な争いではなく、現憲法の成り立ちから真の理解をした上で、これからの法のありかたを国民ひとりひとりが考えるべきではないでしょうか。そして第五には」

「ピンとこないなあ」と勝子はぼやいた。

佐々木の顔がひきつり、事務所内はしいんとした。

「どこかで聞いた話ばかりで、新鮮味がない。鮮度が高い有機卵を表も裏も焼いて食べたりするから、あたりさわりのない政策しか浮かんでこないんだわ」

勝子の口調はスローテンポだが、真綿で首をしめるような残酷さがあった。佐々木は口を開けたまま、閉じるのを忘れてしまう。

「第一、衆議院議員は四百人以上いるのよ。ひとりが主張する政策はひとつでいいと思う」

古井があわてて口をはさむ。

「お嬢様、ここはまず佐々木くんの案を最後まで聞きませんか。その上でお嬢様がおひとつ選ぶというのがよろしいのでは」

勝子は面倒くさそうに佐々木を見る。

「あといくつあるの？」

佐々木は怯《おび》えたように、「十二政策を用意してあります」とささやく。

「それは多過ぎるかもしれませんね」とカエが遠慮がちに言う。

「熱意があるから、たくさん考えてくれたのでしょう」

古井はあくまでも佐々木の肩を持つが、勝子は首を横に振る。

「たくさん語る人の言葉は心を動かさない。だって最後まで聞くと最初の言葉を忘れてしまうでしょ。古井、カエさん、佐々木が今並べた政策の二番目を覚えてる？」

古井とカエは顔を見合わせた。後期高齢者にとって、酷な質問だ。

佐々木は渋い顔で言う。

「午後までに三案に絞ります」

「もう結構。わたしに考えがあるの」

事務所内は再び静まり返った。二世議員の勝子が自分の考えを強く主張するのは初めてだ。正確に言うと、「炊き立てご飯は混ぜない」以来、初めてだ。

感極まってカエはつぶやく。

「お赤飯を炊かなくては」

「赤飯？」古井はこんな時に何を言うのだ、と呆れ顔だ。

カエはあわてた。

「あら、声に出してました？　最近心に思ったことがいつの間にか口から出てしまい、お恥ずかしいかぎりです。歳《とし》をとるって嫌ですわ。尿だけでなく、言《こと》の葉《は》も漏れてしまう。それにしましても、お嬢様は考えがあると、そうおっしゃった。とうとう政治家におなりになったのだと、頼もしく思いましてねえ」

「カエさん、わたしは十年前から政治家です。当選した時から、自分にできることは何かを考えてきた。ううん、子どもの頃から、考え続けてきた。国民が困っていることは何かを。そしてとうとうたどり着いたの」

勝子はふうっと大きく息を吸い、まるで宝物を見せるように、目を輝かせて言った。

「花粉症対策を公約にする」

古井とカエは顔を見合わせた。言葉にせずともふたりは共通認識を持った。花粉は公約として格好がつかない。

ふたりの心配をよそに、勝子は話し続ける。

「国民の約半数は花粉症というデータがある。東京都の杉花粉症人口は四十八％。一家に一人花粉症がいると仮定すれば、全国民の問題と言っても過言ではない」

カエは恐る恐る手を挙げて、意見する。

「でもお嬢様、花粉症対策はすでに都や気象庁、そして厚労省も着手していますよね」

勝子はうなずく。

「そう、まさに問題はそこにあるのよ。厚労省や医師会による花粉症対策組織は、調査や研究が主たる活動なの。国民に対して花粉飛散情報を流したり、予防法や治療法を伝えるだけ。マスクや薬を買って身を守りましょうと国民に促すだけなのよ。花粉は政策によって生まれた公害だから、抜本的解決策を練るべきなのに、国民の自衛に頼るなんて、政府の怠慢だ。わたしは林野庁を動かし、ひいては農林水産省に働きかけてゆくつもり」

「農水省？」

古井は頬が紅潮し、血圧が上がるに任せた。敬愛する宇野勝三が大臣を務めた黄金時代。愛すべき古巣の名称に、興奮冷めやらない。

「古井、言葉に気をつけて。農水省ではなく、農林水産省。昔は農林省と略したものよ。わが国は林業が盛んだった時代に国策として杉をたくさん植えた。その後、林業は衰退。農林省の略称から林が省かれちゃうし、残ったのは杉林ばかり。そこでだ」

勝子は東京都の地図を広げ、西部を指し示した。

「まずはこのあたりの杉を伐《き》る」

古井とカエはあわてて老眼鏡をかけた。多摩《たま》地域の山岳部だ。

「都下山岳部の杉を全部伐っちゃう。そして来年、都内に舞う花粉量を調査する。効果が実証されたら、それをモデルに全国の杉を伐るキャンペーンを行う。杉花粉を元から断つのを公約に、選挙に打って出るつもり」

古井とカエは面食らい、佐々木を見た。佐々木は青白い頬をさらに青くしている。

古井とカエは顔を見合わせた。

限界集落のような宇野勝子事務所に若い佐々木が加わった時、ふたりは心から安堵《あんど》した。活気付いたし、デジタル化も進んだ。勝子には内緒だが、ふたりは次の選挙を終えたら引退する心算《つもり》だ。古井はひ孫の成長を楽しみに余生を送りたいと思っているし、カエはひとり身なので、郊外の高齢者施設に入居を考えている。

佐々木が事務所を出て行ったら、ふたりの輝かしい隠居構想もおしまいだ。

「佐々木くんの考えを聞いてみましょう」と古井が言った。

勝子はいつになく頑固だ。

「これは相談ではなくて、決めたこと。でもそうね、意見として聞くから、佐々木、遠慮なく言ってみなさい」

スマートフォンが鳴った。佐々木は「失礼します」と言って電話に出ると、事務所の隅でひそひそと話し、通話を短く終えた。そして勝子に向かって、「考える時間をください。今日はこれで失礼します」と言い放ち、足早に出て行った。

ドアが閉まり、古井は頭を抱え、カエは肩を落とした。

佐々木に引き抜きの話があちこちから来ている、という噂はふたりの耳に入っている。今のはおそらくその筋の電話だ。

「引き止めたほうがいいのではないですか？」とカエは言う。

「今すぐ佐々木に電話をかけるべきです」と古井も言う。

勝子は首を横に振る。

「今は佐々木の邪魔をしないほうがいいわ。地主から伐採許可をもらうのに、少なくとも一週間はかかると思う」

「お嬢様……」

佐々木がさっそく動き始めたと、勝子は信じて疑わないのだ。

勝子の楽観主義は、少女の頃からそばに仕えていた己のせいかもしれないと、カエは思った。

勝子は無口で、感情を露《あら》わにしない子どもであった。

小学校に通い始めた頃、近所の男から苦情の電話が入った。「おたくの嬢ちゃんが盗みをはたらいた」と言う。あわてて男の家に駆けつけると、門の前で盆栽を抱えた男が、「うちの大切な五葉松を盗もうとした。叱ったが謝りもしない。ぶすっとしやがって」と息を巻いていた。そのそばで、ランドセルを背負った勝子はじっと下を向いていた。男は町内会の顔役だ。妙な噂を立てられたら勝三の政治活動に差し障ると思い、カエはひたすら頭を下げた。ところが一緒に駆けつけた勝子の母親は、「ひょっとして、ここに置いてあったのでは？」と黄色い点字ブロックを指差した。

男はハッとして、「そうか……鉢が増えてつい」と頭を掻《か》いた。庭の盆栽があふれて、門の外にはみだしている。点字ブロックの上にもいくつか載っていた。

日本で誕生した点字ブロックは、岡山で設置されたのを皮切りに、東京でも導入が始まっていたが、周知は十分とは言えなかった。勝三は広報に積極的だったので、娘の勝子は承知しており、視覚障害者の邪魔にならぬよう、移動させようとしたのだろう。

男は恨みがましく「言ってくれりゃあええのに」と勝子を睨んだ。母親は勝子の頭をなでながら、「不器用な子ですみません」と謝った。そして点字ブロックの上に置かれている鉢を「こちらに寄せましょうか？」と動かし始めた。「見事な双幹ですこと」などと盆栽を褒めながら作業をした。すっかり気を良くした男は五葉松をくれて、勝三の支持者となった。その五葉松は今も事務所の入り口に飾ってある。

勝子の母親は賢妻であった。夫の政治活動を支え、支援者への気配りを怠らず、常に笑顔を絶やさない、模範的な政治家の妻であった。事務所での朝食会もすべて整えた。裏方に徹して、しゃしゃり出ない。控えめで有能。笑顔がチャーミング。妻の鑑《かがみ》であった。

ところがある日突然姿を消した。

カエは「事故かも。誘拐かもしれない」と警察に届けようとしたが、勝三に止められた。しばらくして離婚が成立した。夫婦はうまくいっていなかったのだ。

置いて行かれた娘の勝子は小学四年生であった。翌日から母に代わって飯を炊くようになった。母が消えたことをどう受け止めているのか、カエにはわからなかった。

しばらくして勝子はカエを二階に呼び、恥ずかしそうに、「ナプキンを一緒に買いに行ってもらえますか」とつぶやいた。

初潮を迎え、用意がなかったのだ。母親が出て行って半年後のことである。要望をきちんと口に出せたことに、カエはほっとした。勝子をベッドで休ませ、近所の薬局に走った。下着や生理用品を見繕いながら、勝子の孤独を思った。父親は昼夜を問わず世の中を考えており、家庭を顧みる余裕はない。「宇野家には娘がいたのだ」と、秘書のカエはあらためて気づかされた。

それからずっとカエは勝子を見守ってきた。転職せずに第二秘書を続けてきたのは、勝子のことが気がかりだったためである。成人式の振袖はカエが反物から選んで整えた。

容姿はいまひとつで、成績も優秀とは言えない勝子。偉大な父の陰にあって、存在が薄い。母親に置いて行かれたのも、不憫《ふびん》であった。それゆえ、カエも古井も父親ですら、叱ることをしてこなかった。甘やかしたわけではない。勝子はわがままを言わないからだ。しかしもし親だったら、何かしら短所が目について、小言を言ったりもしただろう。愛があれば、ついそうなってしまうものだろう。

勝子はエスカレーター式の女子校に通い、短大を卒業した。親だったらお尻をたたいて、受験を頑張らせたかもしれない。

カエの心配をよそに、勝子は呑気にお茶を飲んでいる。

佐々木なくして、選挙に勝てるはずがない。十月までの議員人生と決まったようなものだ。古井も同じ気持ちらしく、しかめっ面をしている。秘書人生の最後が敗北だなんて不本意なのだ。

カエは勝子が淹《い》れてくれた香り高いお茶を飲みながら、勝子の議員人生の最期を看《み》取《と》る覚悟をした。

「今朝は申し訳ありませんでした」

百瀬は七重に頭を下げた。

「別にたいした手間でもありませんでしたよ」

七重はふところの深さを見せつけるように、笑顔で答えた。

カメレオン騒動のあと、百瀬が事務所に現れたのは夕刻になってからだ。単身で、つまり迷子を連れて来なかったことに、七重は気を良くしている。

まことに「迷子は交番に。それくらいの分別はうちの先生にだってありますよ」と言い返したものの、毎度「まさか」をやらかすのが百瀬だということを七重は嫌というほど知っている。三ヵ月前には赤ん坊を抱いて出勤した。知らない人からあずかったと言うのだ。母親が引き取りに来たからよかったものの、そうでなかったらと思うと、今でも冷や汗が出る。百瀬は必殺引受人である。「ではわたしが」と親になる手続きをしかねない。

野呂は百瀬に冷たい麦茶を差し出しながら尋ねた。

「カメレオンの件はどうなりましたか」

「快く慰謝料を払うと言ってくれました。鈴虫の飼い主はその金額に納得しましたが、カメレオンと同じ屋根の下に暮らすのはこりごりだそうです。家族同様の鈴虫を食べてしまったカメレオンは仇《かたき》だし、こおろぎも飼っているので、心配で夜も眠れないのだとか。そこでカメレオンの飼い主はシェアハウスを引き払うことに決め、引っ越し先のマンションを探すことにしたのです」

「ずいぶんと素直ですね」

「鈴虫の飼い主の剣幕に恐怖を抱いたようです。仇討ちしかねない勢いですからね。カメレオンを今すぐにでも連れ出したいが、朝一に勤め先で会議があり、一緒に出勤するわけにはいかないというので、転居先が決まるまでの間、わたしがあずかることにしたのです」

「実際はカフェに置いてきましたけどね」と七重は皮肉を言った。

百瀬は頭をかいた。

「さきほど謝罪に行ってきました。カフェの店員さんはご立腹で、二度とうちの店を使わないでくれと言われました」

「出入り禁止ですか」

「はい。まこと先生にも怒られました。命をなんだと思っているのだと。カメレオンの飼い主には電話で顚末《てんまつ》を説明し、陳謝しました。今、まこと動物病院でおあずかりしている旨を伝えました」

「でも先生、あずかった動物を忘れるなんて、初めてじゃないですか。何かありましたか」

「はい、目の前の犬に気をとられて」

「犬？」

「リードをつけていない大型犬を見かけたので」

百瀬は汗をぬぐい、麦茶を飲み干した。そして今朝の出来事を説明した。

親切な婦人が迷い犬を交番に連れて行ったこと。

婦人が手押し車を置き忘れたと気づくと同時に、自分がカメレオンを忘れてきたのに気づいたこと。それからすぐにカフェに電話して取り置きを依頼し、七重に引き取りをお願いしてから、婦人の手押し車を捜しに行ったこと。

三百メートルほど先に小さな公園があり、婦人の記憶通りに手押し車はあった。座面に大根が載っており、中にはじゃがいもやニンジンが詰まっていた。百瀬は片手に大根を持ち、車を肩に担いで急ぎ交番に戻った。すると、巡査と婦人が押し問答をしていた。

「生き物はあずかれません」

年若い巡査はけんもほろろな言いようだ。婦人も負けてはいない。

「あなたにこの子を押し付けるつもりはありません。わたしはこの子の家族を捜して欲しいと頼んでいるのです。警察は情報を握っているでしょう？」

犬はというと、婦人の足の甲に顎を乗せて、うとうとしている。

「こんなに懐いているのですから、あなたの犬じゃないんですか？　あなた、ここに捨てにきたんじゃないですか？」

皮肉を言ったあと、巡査は百瀬に気づいた。大根を握りしめた男の胸に弁護士バッジを見つけて、すぐさま立ち上がり、敬礼をした。

百瀬は婦人に「ありましたよ」と手押し車を見せた。婦人は立ち上がり、「ご親切にありがとうございます」と頭を下げた。続いて、「日本の警察がこんなに頼りにならないとは、ひどくがっかりしましたわ」と言った。

巡査はバツの悪い顔をして、「犬猫は警察ではなく、動物愛護センターで保護する決まりなので」と言う。

百瀬は巡査を見据えた。

「所有者不明の動物を拾った場合、警察に届ける。これは長きに亘って国民の義務とされてきました。つまり遺失物扱いです。それが二〇〇七年、遺失物法改正により、犬猫を拾った場合に限っては、警察に届ける義務はなくなりました。犬猫は動物愛護法の対象となったため、動物愛護センターであずかる流れとなりました。しかし法律上、遺失物という位置付けは今も変わっていないのです。飼っている動物がいなくなったら、財布をなくした時と同様、警察に遺失届を提出することができます。つまり警察署は、犬猫を拾ったと申告を受けたら、飼い主から遺失届が提出されてないか確認すべきです。情報は電子データになっているはずです」

巡査はふてくされた顔で面倒くさそうにパソコンに向かい、調べ始めた。パソコンの扱いが得意ではないようで、時間がかかった。

「都内での大型犬の遺失届は今のところ出ていません」

ここまでに二十分かかった。

百瀬は言った。

「飼い主がこれから届け出るかもしれませんから、今後もチェックを続けてくださいますか。犬種はサモエドです」

「サモエド？」

巡査と婦人の声はハモった。息を合わせたようにぴたりとハモったため、ふたりは目を見合わせ、くすくすと笑った。張り詰めていた空気が一気にやわらぐ。

「原産国はロシアで、大型犬の中では比較的小さいほうです。体毛は白くて長く、温厚な性格で、口角が上がっているため、微笑んでいるように見えます。ほら」

白い犬は期待に応えるように顔を上に向けた。

「ほんとですね、笑っているみたいだ」と巡査は感心した。

「サモエドスマイルと呼ばれています」と百瀬は言う。

「やっておきますよ」

すっかり笑顔になった巡査は、デスクから一枚の書類を出すと、婦人の前に置いた。

「飼い主が見つかったらご連絡しますので、ここにあなたの名前と連絡先を書いてください」

小高《こだか》トモエ、と婦人は記した。女性らしいやわらかな文字だ。

記入し終えた書類を手に、巡査はさばさばとした顔で、「手続きは終了しました。お帰りください」と言った。機嫌は直ったものの、犬をどうすればよいか考える気はないらしい。百瀬は今後彼は遺失届のチェックをしないだろうと推測した。

トモエは疑うことを知らないようで、「ご連絡お待ちしています」と言って立ち上がった。

「犬をどうします？」と百瀬が尋ねると、「家族が見つかるまではうちであずかります」と婦人は言う。

百瀬は巡査に頼み、ロープを借り、簡易なリードを作った。犬は嫌がらずにリードを付けた。

「わたしがリードを握るので、小高さんは手押し車をどうぞ」

「ひとりで帰れますよ」とトモエは困惑気味だ。

「お知り合いですか？」と巡査は尋ねる。

「いいえ、通りがかりのものです」

巡査は不思議そうな顔をした。責任を問われないことに手を出すなんて、彼には考えられないのだろう。

経緯を話し終えた百瀬に、七重は言った。

「それで、小高さんの家まで送っていったんですか？」

「はい」

「犬を連れ帰ったことをご家族は承知しましたか」と野呂が尋ねた。

「おひとりで暮らしていて、一軒家でした。糞《ふん》の始末や水や餌など、基本的なことをお伝えし、ドッグフードを近くのドラッグストアで購入して置いてきました。サモエドは温厚なので、噛み付いたりなどの心配はありませんが、小高さんは手押し車が必要な脚力なので、大型犬の散歩は難しいと思います」

七重は青ざめた。

「まさか、先生。散歩を引き受けたのではないですか？　わたしは絶対やりませんからね」

百瀬はバツが悪そうに、封筒を差し出した。

野呂が中を確かめた。福澤諭吉が十人もいる。

「着手金ですか？　何か依頼されたんですか？」

「散歩のお駄賃ひと月分だそうです。固辞しましたが、どうしてもとおっしゃるので」

七重はとたんに気を良くした。

「よくできました！　きちんとお金をもらってくるなんて、先生も成長したものです」

百瀬はハッとした。

子どもの頃、級友たちが親から「よくできました」と頭をなでられているのを、まぶしい思いで見つめていた。四十を過ぎて「よくできました」と言われて、子どものように喜ぶ自分がいる。恥ずかしさで顔がこわばる。

「警察が管理している遺失届は、ネットに公開されます。今後毎日チェックします。同時に、ネット上にサモエドの情報を載せ、積極的に飼い主を探そうと思います」

百瀬のスマートフォンが鳴った。まことからである。

「例のカメレオンだけど、さっそく飼い主が引き取りに来たよ。もう転居先を決めたってさ。名前も電話番号も確認して聞いていた情報と一致したから引き渡した。良かったかな？」

「ありがとうございます。お世話をおかけしました」

「カフェに忘れるなんて、無責任な弁護士だってかなり怒っていたけど」

「おっしゃる通りで、弁解の余地はありません」

「大切な親友なんだって。愛が強すぎて、心配しちゃったよ。カメレオンって寿命が短いからなあ。大型でもせいぜい七年ってとこだから」

「あのカメレオンは何歳ですか？」

「五歳ってところかな、長くてあと一年か二年じゃないか」

鈴虫よりは長いな、と百瀬は思った。

そう言えばあのサモエドは何歳だろう?

「ひとつお願いがあるのですが」

まことにサモエドの往診を依頼することにした。

宇野勝子はトヨタ・クラシックの後部座席で書類をチェックしている。

一九九六年に百台だけ限定販売された希少なクラシックモデルで、ボディカラーは黒とワインカラーの二色使い。マニアに人気の個性的な車だ。

父の勝三が農林水産大臣に任命された時、国会へ通うために事務所が購入したものだ。国産車を応援する目的で話題の車を選択したものの、真っ赤な本革シートが「落ち着かない」と、勝三はグレーのカバーで覆っていた。父の死後、勝子もそのカバーをし続けてきたが、本日初めてそれをはずし、目に鮮やかな赤いシートに座っている。

やはり落ち着かないな、と苦笑しつつも、ひとり立ちへの一歩と思い、我慢する。矛盾するようだが、この車に乗ると、父に包まれているような安堵を感じる。「世の習いとして、ハイブリッドカーに乗るべきです」と第一秘書の古井は言うが、壊れるまでこの車に乗り続けたいと勝子は思っている。

一方、政策秘書の佐々木はこの車をひどく気に入っている。事務所にとどまる理由の半分は「トヨタ・クラシックを運転できる」だし、今も上機嫌でハンドルを握っている。

「うまくいくぞこれは」

佐々木はひとりごちる。

「ボスは鉄の女だ」

佐々木が「考える時間をください」と早退してから、まる一週間が経っていた。その間、佐々木は勝子の言う「杉花粉一掃公約」について検討を重ねた。政策としてインパクトはあるか、実効性はあるか。そして三日目には「いけるかもしれない」と思い始めた。

もともと日本の山林には樫《かし》やクヌギなどの広葉樹が生い茂っていたが、戦時中、燃料にするためにことごとく伐採された。戦後は焼け野原になった都市を復興するために大量の建材が必要となり、丸裸になった山に杉やヒノキが植えられた。成長が早く、まっすぐに生えるので、建材として優良だからだ。この国策により、日本の人工林の十割近くが針葉樹林に生まれ変わった。

その後、高度経済成長を経て円相場が上昇。人件費の高騰や、規制緩和による輸入木材の増加などが重なって、国内の林業は急速に衰退した。担い手が減少し、杉やヒノキの人工林は放置されてしまった。毎年の異常な花粉量は、この流れによって生み出された公害なのだ。

杉林は不良債権だ。伐ったほうがいい。いや、伐るしかない。

佐々木はボスの公約案に乗ることにした。

花粉は一般市民の心を摑むわかりやすい案件だし、環境および産業に関わる国策としての深みもある。ほかの政治家が目をつける前に大きな動きを見せて、「宇野勝子は花粉症対策の第一人者」と印象付けたい。

国は花粉症対策と銘打って、花粉の少ない杉への植え替えを細々と進めているが、「潔くバッサリと伐る」ほうが、有権者の心を摑むと、ユウケンジャー佐々木は考える。勝子の思いつきは的を射るものだ。緑を守る会等々も「廃れた人工林を守れ」とは言うまい。

まずは小規模の自治体と手を組み、実証実験に踏み切る。選挙までに成功モデルを作り上げ、公約で謳うためだ。

東京でもっとも人口が少ないもえぎ村の役場と連絡を取り、本日会う段取りをつけた。

「いかがですか？」佐々木は後部座席の勝子に話しかける。

文書をひと通り読み終えた勝子は、「さすがね、佐々木」と褒めた。

佐々木が短期間でこしらえた選挙運動の企画書だ。勝子はまず公約の文言が気に入った。

「鉄の女・宇野勝子は杉花粉を一掃します」

短い言葉でまとまっているし、「一掃」という言葉のチョイスがいい。「打ち負かす」とか「ぶっとばせ」などの好戦的文言ではなく、掃除機で吸い込むようなイメージがあり、女らしくていい、と勝子は思った。

口には出さない。「女らしさ」は性差別につながる言葉だと、佐々木に叱られるからだ。

勝子は中学生の時、体力測定で背筋力校内トップの値《あたい》を叩き出した。男子の最高値を超えたので、教師は測定ミスと考え、三度も測り直したが、勝子は高い値を出し続けた。教師は「すごいな、宇野。何を食ってる」と呆れていた。男子たちからは「ゴリラ並み」とからかわれた。

勝子は傷ついた。そして「女子はみんな手を抜いているのだ」と思った。背筋力が最高値だからって、成績が上がるわけではないし、良いことなんてひとつもないのに、「力は出し切るものだ」と思い込んで、馬鹿を見た。

勝子はこの時、「女らしさは生きやすさにつながる」と知った。そして自分にはない「女らしさ」に憧れた。

たとえば専業主婦。自分がなるのは月に行くより難しいが、社会に必要なものと感じている。専業主婦は無職とは違う。主婦という職業に専念している人だ。家族の保健衛生、経理、渉外（近所および親戚づきあい）、備品管理、環境保全、スケジュール調整まで担うのだから、責任が重い仕事である。身近に専業主婦はいない。もはや絶滅危惧種かもしれない、と勝子は憂う。

選挙ポスターはエプロンをして掃除機の吸い込み口を空へ向けているポーズはどうかしらと思うものの、口には出せない。ユウケンジャーの角《つの》が見えるようだ。

「この宅地計画というのは？」

「杉を伐採したあとの土地開発として、第一選択に宅地造成を考えています。宅地造成事業はゼネコンが飛びつき、大きな経済活動になります。その土地で伐採した杉で家を建てるというコンセプトにすれば、地場産業として旨《うま》みがあり、市民に訴える力もあります」

勝子は「なるほど」とうなずく。地場産業は父がこだわっていたものだ。

「でも都心から距離があるでしょう？　通勤は難しいのでは？」

「リモートワークに最適です。山で暮らしながら、第一線の仕事をする。現在ＩＴ企業は家賃に膨大な経費を使っていますから、会社ごと移住する流れを作ります。病院や公園も造りましょう。庭が広い保育園も造ります。大人はばりばり働き、子どもたちは空気の綺麗《きれい》な野外で思い切り遊ぶ。通勤時間は短縮、満員電車とはオサラバ。家庭円満。何しろ花粉がありません。幸せな土地計画です。宅地となれば、流通業界も目をつけます。デパートの誘致もいいですね。山の上でヴィトンを買う、という新生活スタイルを提案できます」

「うむ、なかなかいいわ」

勝子は前を向いた。

公約は夢を語るだけではだめだ。実現可能な基礎固めをしておかなければ。

桃川いずみには夫と子どもがいて、それは選挙に有利に働くが、こちらには現職という強みがある。国会議員が会いたいと言えば、今日のように、役人はただちに時間を作ってくれるし、土地情報も開示してくれる。

少しでも前へ進めて、公約が実現可能だとアピールしなければ。

父の勝三は「票を取りに行ってはいけない。票はついてくるものだ」と言ったが、勝子は前回の選挙で思い知った。票はついてこない。美貌も学歴も実績もない自分にはついてこないのだ。

持たない自分にあるのは議員という職だけ。取りに行かなければ、それさえも失ってしまう。

山間部に入ると景色は一変した。

本当にここは東京だろうか。

傾斜の激しい山々をびっしりと覆う杉林。勝子は信州にでも遊びに来たかのような心境になった。丸刈り計画を忘れ、深緑の美しさに見とれる。杉はまっすぐで美しい。花粉さえなければ、人間にとって都合のよい資源なのに。核分裂が放射性廃棄物を発生させるように、杉は毎年花粉を飛ばす。

細く長い山道をトヨタ・クラシックはゆく。

勝子は窓を開けて深呼吸をした。肺が浄化されるようだ。

一方、佐々木はそれどころではない。舗装されていない道を走るのは初めてだ。対向車が来たらアウトな道幅。街乗り車なのでサスペンションは固く、凹凸を過剰に拾ってしまう。片側は崖になっており、ひとつ間違えば大惨事だ。目を凝らし、緊張で肩をいからせてハンドルを握りしめる。

ようやく拓《ひら》けた場所へ出た。小さな村役場が見える。その前に、ほっそりとした男が立っていて、何度も頭を下げている。

ふたりが車を降りると、男が近づいてきた。

「これはこれは宇野先生、遠いところをありがとうございます。村長の恩田《おんだ》と申します」

若い村長だ。涼しげな目をしており、近くで見ると、かなりの高身長だ。村役場も立派だ。自然があまりにも大きいので、相対的に小さく見えたのだ。クールなデザインの木造建築で、どっしりとした構えである。

佐々木は映画のワンシーンに紛れ込んだ心持ちになった。山と建物と人間が美しく調和している。導かれて役場の中に入ると、木の香りに包まれる。

足元を何かがすり抜けた。佐々木はひやりとして目で追う。

毛がふさふさした生き物が優雅に歩を進める。はじめは犬に見えた。ひょいとデスクに乗り、「お前ら何しに来た」とばかりに新参者を睨む。瞳が金色に輝く。猫だ。

首輪をつけていないが、役場に住みついているのだろう。職員たちは気に留めていない。

木目が美しい室内。王のように君臨する長毛の猫。絵になる。

都会に住む人々がこの役場を見れば、移住に前向きになるのでは、と佐々木は考えた。昨今、田舎暮らしがブームになっているが、みな、こだわりが強い。「レトロ」は好まれるが、「ダサさ」は嫌われる。レトロとダサいは紙一重だが、この一枚の違いがとてつもなく大きい。

「お疲れでしょう」

恩田はさわやかな笑みを絶やさない。

ふたりは応接室に通された。腰を下ろし、出された冷茶を飲むと、勝子は「おいしい」と目を見張った。

「村で採れたハーブで作った自慢のアイスハーブティーです」

恩田はにこにこ顔だ。

佐々木はあらためて視察の趣旨を説明した。

「東京はコンクリートで埋め尽くされているイメージがありますが、都の約四割は森林で占められています。その森林の約七割がこの多摩地域にあり、多摩地域の森林の約六割は人工林で、その人工林のほとんどが杉です。花粉の過剰な飛散の原因と考えられます。都民の健康のために、杉を伐採したい、と考えております」

選挙のため、という本音は伏せた。

恩田は神妙な顔で頷《うなず》く。

「杉は高齢になるほど大量の花粉を飛散させるんです。ここいらの杉は木材になりそこねた高齢杉が多いので、飛散量は多いかもしれません」

同意を得られそうで、佐々木は安堵した。

会う前は、田舎の村役場の長、ということで、まるっこいおっさんを想像していた。電話で話した時も、いかにも人の良さそうなおっさんに思えた。しかし、会ってみるとイケメンなので驚いた。背が高いだけではなく、身のこなしに隙がない。山で暮らせば自然と鍛えられるのだろう、太い骨に正しく筋肉をまとっていそうだ。着ているのは役場の制服で、作業着のようなグレーのジャケット。しかしなにぶんスタイルが良いので、むしろ映える。間違いなく美男だ。

佐々木は小柄で痩せている。肌は青白く、印象に残らない顔だ。美意識が高いため、自分に華がないことを自覚しているし、だから美男子に会うと、負けたと思う。親友だけは佐々木を「クールだ！」と認めてくれる。口に出す奴《やつ》ではないが、肯定の気持ちは伝わってくる。親友とは毎晩会話をする。口が固いので安心だ。この公約についてはとことん聞いてもらったし、今夜は「イケメンに会ってしまい、めげた」と愚痴をきいてもらうつもりだ。

佐々木は気持ちを奮い立たせて、話を続ける。

「本日はまず杉林の現状を視察させていただきます。いずれは林野庁と交渉を始めますが、その前に森林所有者の了承を得たい。伐採許可を得てからのほうが、省庁との交渉はスムーズに進みます。そこで、お願いがあります。近々もえぎ村の森林所有者を集めていただけますか？　わたくしどもから趣旨を説明させていただき、伐採許可を得たいと考えております」

恩田は申し訳なさそうな顔をした。

「所有者の方々に集まっていただくのは難しいと思います」

「どうしてですか？」

「おのおの所有地は一ヘクタールに満たない土地なんです」

「一ヘクタールって、どれくらい？」と勝子は尋ねた。

「一万平方メートルです」と数字に強い佐々木が答える。

「だからその一万平方メートルっていうのが、イメージできないのよ。もっとわかりやすく教えてちょうだい」

するとと恩田が答える。

「サッカーコートに置き換えると、一面と半分というところでしょうか」

佐々木は広いと思ったが、勝子は慎重だ。

「サッカーコート一面と半分って、森林に置き換えるとどんな位置付けかしら？」

「狭いという認識です」と恩田は言う。

「もえぎ村の山は細分化されているのです。個人の意思だけで土地をどうこうする、というのは難しい面積です。所有者たちは先代から名義を引き継いでいるだけで、ご自分の土地を見たこともない方もいますし、現在、ほとんどが村にいらっしゃいません」

「村にいない？」

「ええ、北海道、沖縄、パリにお住いの方もいらっしゃいます。伐採許可は文書でのやりとりがよろしいかと思います。おそらく、伐採に反対するほど土地にこだわっている方はいらっしゃらないと思います」

「なら話は簡単ですね」

「いや、そうでもなくて……」と恩田は口を濁した。

「何か問題でも？」

佐々木は話を続けたかったが、勝子が遮った。

「とにかく見てみないと。まずは見て、歩いて、それからよ」

山の道はゆるやかだが、果てしなく続く。歩いても歩いても杉林だ。

「思いのほか、荒れてはいないわね」と勝子は言った。

恩田は誇らしそうだ。

「多摩の山林は荒れたところもありますが、わがもえぎ村は手入れが行き届いているので杉が美しいのです」

「村として、管理しているの？」

「うちの村は特別です。あれ？　佐々木さんは」

恩田と勝子は振り返った。佐々木ははるか後方で息を切らしながら、足を引きずっている。ふたりが佐々木を待っていると、「村長ー！」と賑《にぎ》やかな声が聞こえてきた。

セーラー服の集団が坂を駆け上がって来る。みな笑顔だ。軽々と佐々木を追い越して、「村長」とか「恩ちゃん」と言いながら、あっという間に恩田を取り囲む。

村長は人気者らしい。

みな中学生で、定期試験の最中で部活がなく、ただいま下校中だという。

「こちら国会議員の宇野勝子先生。視察にいらしたんだ。ご挨拶して」

「こんにちはあ」

みずみずしい声が杉林に響く。

勝子は挨拶を返しながら、子どもたちに親しまれている恩田をまぶしく感じた。

国会議員として学校へ視察に行くことがあるが、子どもたちはみな、勝子の半径五メートル以内に地雷が埋め込まれているとでも思っているのか、近づいてこないし、目を合わせようともしない。

おさげ髪の女子が言った。

「ねえ、恩ちゃん。今朝わたし、もりりんを見た」

「ほんとか！」恩田は目を見開く。

女子たちは口々に話す。

「わたしは五歳の時に見た」

「わたしはまだ。うちのママはわたしくらいの時に見たって」

「もりりん見ると、いいことあるってホントかな」

「これからみんなでもりりんを見に行くんだ」

大いに盛り上がっている。

「明日も試験だろう？　今日はまっすぐに帰りなさい」と恩田が言うと、「じゃ、恩ちゃんが見に行けば？　峠の分かれ道の西のほうだからね」とおさげ髪が言った。

そうだそうだ、恩ちゃんが見に行け、とみながはしゃいでいる。

「目撃したら、お嫁さん見つかるんじゃない？」

「おとなをからかうんじゃない」

恩田がおさげ女子の頭をやさしくぽん、と叩くと、女子中学生たちはいっせいに「わっ」と散って、「セクハラ！」と叫びながら愉快そうに駆け下りていった。

ブランド物のスーツを着て肩で息をしている佐々木など目に入らぬようで、思春期の群れは怒濤《どとう》のように去ってゆく。

「しょうがないな、今の子は」

恩田は微笑みながら、小さくなってゆく集団を見送っている。

勝子は尋ねた。

「もりりんって、絶滅危惧種ですか？」

恩田はどう説明したらよいのだろう、という顔をした。

追いついた佐々木がようやく会話に加わる。

「絶滅危惧種が生息しているなら、森林の伐採は慎重に進めなければなりませんね」

恩田はふいに人さし指を自分の唇に当て、「聞こえませんか？」とささやく。

勝子と佐々木は耳を澄ました。

静かだ。

風にそよぐ杉の葉音が静寂のベースにある。やがてかすかに異音がした。

サク、サク、サク……。

耳がどうにかつかまえられるほどの音。車の走行音や街の雑踏では消えてしまうくらいのささやかな音だ。

耳をそばだてて聞いているうち、勝子は形容しがたい心持ちになった。

まっさらな世界が広がってゆく。無のようで、無限のような、言葉では言い表せない世界だ。

「枝打ちの音です」と恩田は言った。

「枝打ち？」

「はい。このあたりの杉は、山の神の手によって守られています。わたしが生まれる前から、もう何十年もずっとそうしてきました。ですからもえぎ村の杉林は荒れることはありません」

「山の神ですって？」

まじめで常識的なたたずまいの恩田がいきなり突拍子もないことを言うので、勝子も佐々木も戸惑った。

「山の神って何？」

「さっき女の子たちが言ってたでしょう？　もりりんです」と恩田は言った。

第二章　ここほれワンワン

大福亜子は蕎麦《そば》屋で冷やしたぬきを食べている。

昼休みは一時間しかないので、懸命に蕎麦をすする。現在十二時四十分。十三時には隣のビル七階にあるナイス結婚相談所で会員様をお迎えしなくてはならない。薬味のネギは入れずに食べる。接客業なので口臭には注意を払う。

本日のミッションは結婚歴三回六十代女性のお相手探しだ。離婚と死別を経験しているらしい。

離婚歴のある会員は年々増えている。離婚のハードルが下がった昨今、結婚のハードルも下がりつつある。結婚と離婚、どちらが先にハードルを下げたのか、営業戦略会議で議論されたこともあったが、「鶏と卵だね」に帰結した。

結婚したい人が増えているのは事実で、成婚率は上がっている。一度も結婚したことがない自分が目上の人間にアドバイスをするなんて僭越《せんえつ》ではないかと亜子は思う。しかし自分でも不思議なくらい成績優秀なのだ。成婚率トップを誇る敏腕アドバイザーとして、婚活界で一目置かれる存在となっている。「担当は大福さんにお願いします」と指名されることも多い。今月からプラチナアドバイザーという輝かしい称号を得て、年会費が高額なプラチナ会員だけを担当することになった。社長が打ち出したプラチナプラン。略してＰＰと呼ばれる新システムだ。

今や結婚相談所のライバルはマッチングアプリである。アプリの手軽さに対抗するには、サービスを向上させ、信頼性を高めるしかない、と社長は言う。特別枠を設けることも、信頼につながると言う。

お金にゆとりのある会員のみを担当することに、亜子は違和感を覚える。さまざまな境遇の人と真摯に向き合ってきたからこそ、腕が磨かれたという自負があるからだ。半年に一度社長面談の機会があるので、気持ちを伝えてみようと思う。

向かいの席では、元同僚の赤坂春美《あかさかはるみ》がカツ丼を頬張っている。テーブルには空になったザルが二枚。蕎麦をおかわりした上、どんぶり飯に夢中だ。今は外交官夫人で、あと二ヵ月で母親になる春美。本日は妊婦健診の帰りにふらりと事務所へ顔を出した。亜子には時間がないし、春美は食べるのに忙しくて、まともに話ができずにいる。

亜子は時計を見た。あと十分で始業時間だ。

「春美ちゃん、わたし行かなくちゃ。今度またゆっくりね」

立ち上がった途端、スマホが震えた。職場からのLINEだ。結婚歴三回セレブからキャンセルの電話が入り、再予約は来週とのことだ。直前だとキャンセル料が発生するが、プラチナ会員は料金など気にしない。

亜子はため息をつく。この女性は以前も直前にキャンセルした。「雨だから」という理由だった。今日はどんな理由だろう。本気度が低いと感じ、モチベーションが下がる。

目の前の春美は何事にも本気だ。本気の内容がくるくる変わるのが玉に瑕《きず》だが。

「時間ができたけど、よかったら、お茶でもする？」

「むん！」

春美は口いっぱいにご飯を頬張ったまま、頷いた。

喫茶エデンで春美はメロンパフェを前に舌なめずりをする。

「塩と砂糖に飢えているんです」

子どものように大きく口を開けて生クリームを頰張る。夫の赤坂隼人《はやと》はミャンマーの日本国大使館に赴任中。春美は世田谷にある夫の実家で暮らしている。

「お姑《しゅうとめ》さん、春美ちゃんを思って体に良い食事を用意してくれるのね」

「嫁じゃなくて、孫のためですよ」

春美は大きなお腹《なか》をさすった。

「お義母《かあ》さんの家事は完璧です。料理も上手。でも、完璧主義って周囲を疲れさせますよ。キッチンは自分の城だと思っていて、人が入るのを赦《ゆる》さない。たまにはインスタントラーメンを食べたいと思っても、こっそり作ることもできないんです」

「皿洗いも全部自分でなさるの？」

「皿洗いは食洗機がなさいますよ。こーんなでっかいビルトイン食洗機で、膝を抱えたらわたしの体も洗ってくれそうなやつです」

ＯＬ時代スノーマン体型だった春美は、結婚してミャンマーへ渡り、帰国時には「わたしにだってウエストはあるの」と言わんばかりに痩せた。つわりもあったが、慣れない海外暮らしがストレスだったのだろう。今は見事に元に戻り、のびのびと太っている。

食事制限したくなる姑の気持ちが亜子にはわかる。春美が太れば太るほど、赤ちゃんの部屋が窮屈になってゆくようで、気が気ではない。

それにしてもだ。

自分の体内に命が宿るって、どんな気分だろう？

亜子は思う。いつか自分も母親になりたい。しかし、母になることと妊娠はベツモノで、お腹で育てるという自然の摂理がちょっぴり恐ろしい。

子どもの頃、「赤ちゃんはどうやって生まれてくるの？」と母に尋ねた。

「結婚するとだんだんお腹がふくらんできて、十月十日《とつきとおか》経つと自然にぽんっと生まれてくるの。そのあと綺麗にお腹が閉じるのよ」

その時に感じた神秘と畏怖は、真実を知った今もそう変わらない。

「亜子先輩、このあいだの金沢行きは残念でしたね」

「うん」亜子は神妙に頷いた。

百瀬の母は金沢刑務所に服役中である。

七歳の時に母の手で児童養護施設にあずけられた百瀬。それきり母は会いに来ず、生死すら不明だったが、ようやく会えたのは法廷で、母は被告、百瀬は罪を追及する側の立場であった。

母はレーシック手術で青い瞳となり、国際スパイとして罪を問われた。ＡＭＩ《アミ》という世界最高水準の知能を有する犯罪組織の一員と判明。外圧を恐れた検察により二度不起訴となったが、検察審査会で起訴相当となり、強制起訴裁判に持ち込まれた。指定弁護士として百瀬は真摯に罪を追及し、懲役三年の判決に持ち込んだ。釈放されると組織に消される恐れがあった。百瀬は母の命を全力で救ったのだ。

やっと居所がわかった母親。金沢へ行けば面会できるのに、百瀬はなかなか会いに行こうとしない。百瀬に「一緒に行っていただけますか」と言われて承知したものの、約束の日の朝、百瀬は高熱を出した。

「それきり、行ってないんですか？」

「実はその一週間後に延期したのだけど、また熱を出したの」

「仮病じゃなくて？」

「ほんとに出たの。九度の熱で、顔も真っ赤で」

「せっせと看病したんですか？」

「百瀬さん、部屋へ入れてくれないのよ」

「風邪をうつしたくないから？」

「自己流のやり方があるんですって」

「自己流？　どんな？」

「押入れの中で布団をかぶって裸で寝るんですって。襖《ふすま》を閉めて暗い中でじっとしていると、三時間で下がるというのよ」

「うそだあ」

「そんなやりかたはダメです、おでこを冷やして、水分を摂ってとやいやい言ったんだけど、ドアを閉められちゃった。心配だから、きっちり三時間後に見に行ったら、本当に下がっていたのよ」

「二回とも？」

「二回とも」

春美は感極まった。

「そうやって幼い頃から自分で治してきたんですねえ。ひとり身の習性が身についてしまってるんだぁ。自然治癒力、高そうだなあ」

亜子は頷く。

「まこと先生が言うには、野良猫の習性ですって。体調が悪くなると、暗い場所に身を隠して飲み食いせずにじっとする。回復するまで動かないのが野良の鉄則だそうよ」

「猫弁じゃなくて野良弁だったのかあ。それにしても」と春美は推理する。

「金沢に行く予定の日に熱を出す、ということは、母親に会うのに相当ストレスを感じていることは確かですね。国際スパイだもんなぁ。自分の母親とは思えないのかもなぁ」

「どうなのかしら」亜子には百瀬の心の内がわからない。

「ところで、あいかわらず亜子先輩たち、清く正しく朝ごはんを食べるだけの仲なんですか？」

「それがねえ」亜子はにやりと笑う。

「なになに？」

「わたし、引っ越した」

「えっ、アパートを出たんですか？」

「百瀬さんちのお隣の二〇二号室が空いたので、移動したの」

「なあんだ、ずれただけですかあ」

「壁二枚ではなく、壁一枚になったの。これって大きいのよ。安普請だから帰宅すると音でわかるの」

「ちゃいくさ!」

「え? 何何? ちゃいくさって」

「まるで子ども。チャイルド臭い。子どもの初恋。もしくはストーカー。好きな人の生活音を聞けてうれしいだなんて馬鹿馬鹿しい。れっきとした婚約者なんだし、一緒に暮らしていいんですよ」

「それがねえ」

亜子はため息をつく。

「百瀬さん、早朝アルバイトを始めてしまって、朝も会えなくなった」

「うわっ、新聞配達でも始めたとか? 事務所がいよいよ経営破綻?」

春美の目は爛々《らんらん》と輝いている。

亜子はぷっと吹き出した。

やはり人のトラブルって、元気の素だなあと、亜子は思う。それは悪い事ではない。トラブルに巻き込まれた時に周囲まで一緒に落ち込んでいたら助けることができないから。

実は亜子も、春美が突然帰国した時、離婚の危機かと思い、「ならばわたしの出番!」と、張り切った。離婚どころか妊娠とわかって、気が抜けたものだ。

「新聞配達ではなくて、犬の散歩よ」

迷い犬をあずかっている人が高齢なので、毎日の散歩を引き受けたのだ。犬の飼い主が見つかるまでアルバイトは続きそうだ。

「早朝って何時ですか？」

「五時」

「ひえ〜、なんでまたそんなに早く」

「犬をあずかっている女性がその時刻に起きるんですって。朝、彼女の起床に合わせて百瀬さんがおうちを訪問して犬を連れ出すの。一時間散歩させて戻ると、その人が朝食を用意してくれていて、そこで食べてから、事務所へ出勤してるのよ」

「朝ご飯を食べる仲！　愛人みたいですね」

亜子は「そうなのよ」と顔をしかめる。

「夕方の散歩は直《なお》ちゃんにやってもらっているんだけど」

百瀬と亜子が暮らすアパートには正水直《まさみず》という予備校生が住んでいる。彼女の実家は甲府《こうふ》にあり、東京での後見人は百瀬で、アルバイトを紹介するなど、面倒を見ている。直は百瀬を尊敬し、自分も弁護士になりたいと、法学部を目指している。

「犬をあずかっている女性はひとり暮らしで、直ちゃんには夕ご飯を作ってくれるらしいの。直ちゃん情報によると、料理がめちゃくちゃおいしいんですって。だから百瀬さん、いそいそと通っているように見えるのよ。それに」

「それに、何ですか?」

「お人形さんみたいに愛らしい顔をしているんですって」

「直がそう言ったの?」

「百瀬さんがよ」

「うそ!」

春美は激怒した。

「野良弁、馬鹿ですか? 婚約者の前でぬけぬけとほかの女の容姿を褒めるなんて」

「直ちゃんに聞いたら、誰もが好きになってしまう顔なんですって」

「ひょっとして丸顔?」

「丸いかどうかは……」

「丸ですよ、丸。丸って無敵なんです。嫌いな人間はいないという解析結果があります。ウォルト・ディズニーはそれを知っていて、ミッキーマウスを考案したんですよ。耳も顔も丸。コンパスで描けるんです。だからスヌーピーはミッキーマウスを超えられない。ウォルトは流石《さすが》。成功する人間は抜け目ないっす」

「なるほど……ミッキーはみっつの円で描けるわね」

亜子は春美を見つめて、あることに気づいたが、言うのは控えた。が、春美は察しがいい。

「わたしの体が丸いって言いたいんですか？　体が丸いのは逆効果です。なんといっても丸い顔。敵にすると一番怖い。美人よりタチ悪いなあ、その犬の女」

「そうお？」

「何落ち着いちゃってるんですか！　間違いが起きたらどうするんですか？」

「七十歳だから、間違いは起こらないと思うんだけど」

「ななじゅう？」春美は呆れた。

亜子は頰杖をつく。

「妬《や》けるのよねえ、いってらっしゃいを別の女性に言われてると思うと、いたたまれない」

「七十歳にやきもち焼くなんて、やばいのは亜子先輩のほうですよ。それ絶対、欲求不満症候群。子どもを作りましょう」

「ええっ？」

「いいですか、亜子先輩ははっきり言って料理のセンスはないです。整理整頓も苦手。家事で張り合うのは無理です。でも子作りは七十歳にはできないでしょ。さっさとやることとやって、子どもを作ってください。一緒に子育てしましょうよ。そしたら猫弁なんて、留守だとせいせいする、くらいの存在になりますよ」

「そんな……」

「なんだか亜子先輩っていつまでも青春してるみたいで、もどかしい。恋愛なんて、全身全霊で取り組むものじゃないっすよ。人間は働いて食べて寝る。ただそれを繰り返して生きるんです。仕事と食事が充実していれば、男なんて要らないし、子どもだって」

「子どもだって？」

「まあこれは、産んでみないとわからないですけどね。とにかく亜子先輩は自分の人生をどーんとまんなかに据えて、前進してください。青い時代に済ませるものはさっさと済ませて、そこから先の話をしましょうよ」

亜子の心はしん、とした。

メロンをかじり始めた春美が地球何周分も先を走っているようで、置いて行かれた感に押しつぶされそうになるのだった。

百瀬は歩いている。サモエドとの散歩はのんびりとしたペースだ。

・大型犬は走らせる必要はない。

・一日二回、各一時間程度の散歩。

・コースはできれば日ごとに変える。

以上、獣医のまことの提言に従っている。

はじめは早く起きるのが辛《つら》かったが、一週間もすると毎朝の散歩が楽しみになった。

人通りの少ない住宅街では、新聞配達員とすれ違う。

百瀬は中学時代、新聞配達をしていた。当時は学生アルバイトが多かったが、今は中高年が目立ち、社会の変容を感じる。

本日は川沿いの遊歩道を歩く。通学時間よりもだいぶ早いので、学生の姿はなく、ちらほらと高齢者の姿を見かける。小型犬を散歩させている人や、シルバーカーを押しながらぎこちなく歩く人もいる。

「賢そうなワンちゃんだねえ」と声を掛けられた。スウェット姿で歩行器につかまっている白髪の男性だ。

「おはようございます」

「でかいなあ。それ、名前は？」

「サモエドという犬種で」

「名前を聞いてるんだよ」

「ポチです」

「ポチ？　でかいのにポチ？」

「はあ」

小高トモエがポチと呼んでいるので、百瀬もそれに従っている。飼い主が見つかれば、本当の名前で呼んであげられるのだが。

「つかぬことをお聞きしますが、同じくらい大きな白い犬を飼っているうちを知りませんか」

「こんなでかい犬は見たことないなあ」

男性は「またな」と言って、歌いながらゆっくりと去って行く。

「うーらの畑でポチが鳴く、正直じいさん掘ったれば、おーばん、こーばんが、ざーくざーくざっくざくう」

『花咲爺《はなさかじい》さん』だ。百瀬は微笑む。

早朝は日中とは違う。利権争いや社会構造のひずみは姿を消し、世界はシンプルで健全に見える。

ポチの飼い主はどこでどうしているのだろう。白い大型犬の遺失届はいまだに出ていない。毎日インターネットで全国の迷い犬をチェックしているが、「これだ」という情報がない。すぐに見つかるとたかをくくっていた。

まことの見立てでは、ポチは五歳くらいだそうだ。健康状態に問題はなく、正しい飼い方をすれば、あと十年は生きられる。サモエドはそもそもがおとなしい犬種とされるが、ポチは特におだやかで、人懐こい。自ら逃げ出したとは考えられず、遺棄されたのではないか。大型犬が捨てられる理由は「子犬の姿が愛くるしくてつい購入してしまったが、こんなに大きくなると思わなかった」が多いが、その場合、生後半年、もしくは一年程度で遺棄される。ポチは健康状態から推察すると、五年間大切に育てられたと思われる。

飼い主の死亡や入院、金銭的困窮など、やむにやまれぬ事情もある。小型犬よりも譲渡がしにくいので、飼う時は覚悟が必要だ。

「ただいま帰りました」

「おかえりなさい。どうぞ入って」と奥から声が聞こえた。

出汁の利いた味噌汁の匂いがする。

子どもの頃何度か想像した、自分のうちに帰るシーン。玄関に入ると「おかえりなさい」の声がして、料理の匂いがする。あまりにも想像した通りで、百瀬はとまどう。

七歳に戻ってここから小学校へ通ってみたいと思った。家のたたずまいがあまりに優しくて、夢見ていた我が家にぴったりなのだ。

玄関にはたらいに水が汲《く》んであり、タオルが用意されている。真っ白でやわらかく、質の良いタオルだ。百瀬が毎朝顔を洗う時に使っているものより数段上等なタオルでポチの足を拭き、ともに室内へ上がる。

ポチは以前も室内飼いだったのだろう。足を洗う時は自らたらいに足を浸すし、タオルで拭かれる時は交互に足を上げ、協力してくれる。室内へ上がるのも、初日から躊躇《ちゅうちょ》しなかった。まるでこの家で育った犬のようだ。

小高家の独特の雰囲気が、来るものを安心させるのかもしれない。

外観はこぢんまりとした平屋だ。あわいクリーム色のモルタルに、くすんだ赤い屋根瓦、煙突はモスピンク色のレンガで組まれていて、レトロな洋館風の家である。アルミサッシは使われておらず、すべての窓枠は木製である。

中へ入ると年季の入ったダークブラウンの床板が足の裏に優しい。じゅうぶんな広さの洋間があり、リビングとして使われている。奥に和室があり、寝室にしているようだ。

ポチは「ただいま」というように、ダイニングキッチンにいるトモエに近づき、鮭《さけ》の切り身をひと口分けてもらうと、サモエドスマイルを浮かべた。そしてリビングのソファに飛び乗った。

本日の朝食は白い飯、焼き鮭、卵焼き、かぶのぬか漬け、焼きナスの味噌汁だ。米は粒が立ち、光っている。

「いただきます」百瀬は箸をとった。

ごく普通の朝の献立だが、ひとつひとつ丁寧に作られており、これ以上うまいものなどこの世には存在しない、と百瀬は思う。大手の事務所で働いていた時、何度か連れて行かれた高級料亭よりもずっとおいしい。

トモエは品の良い箸づかいで、健康的に食べる。

丸顔で物静かなトモエと食事していると、親子って、家族って、こんな感じなのかなと百瀬は考える。しゃべらなくてもよくて、緊張しなくてもよくて、でも相手のことが大切で……。婚約者の大福亜子とはまだ緊張感がある。嫌われたくない、という下心があるからだ。いずれこんなふうになれたらいい。

「飼い主はまだ見つかりませんの？」

「すみません、全く手がかりがつかめなくて」

トモエは微笑む。

「わたし、このままポチを引き取ろうかしら」

「え？」

「ポチもここを気に入ってくれたようですしね。心配しないでくださいな。このまま弁護士先生に散歩をお願いするつもりはありません。いろいろと考えましたの。お隣のうちとの間は生垣だけど、ポチが通れないように塀を作れば、この子を庭で放し飼いにできますでしょう？　そうすれば散歩は日に一度で済むんじゃないかしら」

「お庭ですか」

「裏庭があるんです。以前は洗濯物を干したり、花を植えたりしていましたけど、最近は庭に面した雨戸を閉めたままで、ほったらかしなんですよ。正直言いますと、裏庭があることをしばらく忘れていました。ポチが走り回るくらいはできますよ。幸い、夕方来てくれる直ちゃんはアルバイト代がありがたいと言ってくれるので、そちらは続けてもらうことにして。ね?」

百瀬はしばらく言葉が出なかった。が、なんとか笑顔をこしらえ、「わかりました。では、塀ができるまで、散歩をさせていただきますね」と答えた。

トモエはすでに工務店に連絡し、約束を取り付けたと言う。生垣はそのままで、簡単なフェンスを埋め込むだけなので、半日でできると言われたそうだ。

ポチに居場所ができた。こんなに優しい人にもらわれるのだ。

百瀬はほっとしなければならなかった。めでたしめでたしと喜ばねばならなかった。なのに顔がこわばる。「ごちそうさま」を言いながら、散歩はあと何回できるだろうと考えた。そしてトモエのご飯。あと何回いただけるのだろう。

「ときどきご飯を食べにいらっしゃいな。婚約者さんと一緒に」

心を見透かされ、百瀬は頭を掻いた。

宇野勝子事務所は不穏な空気に包まれている。

勝子はデスクで書類を睨み、政策秘書の佐々木はその前で直立不動。古井とカエは少し離れて、心配そうにふたりを見つめる。

勝子は書類に目を通し終えると、顔を上げた。

「何これ」

「伐採承諾書です。森林所有者全員から許諾のサインをもらいました」

もえぎ村の視察から一ヵ月が経っていた。

佐々木は森林所有者たち四十二名と連絡を取り、苦心惨憺《くしんさんたん》して承諾を得た。メールや郵便、ファクスを駆使して海外居住者からもサインをもらった。

「全員承諾してくれました。公費で伐採し、木材は国が買い上げるプランなので、一も二もなく賛成しますよ。これはあくまでも伐採許可ですが、土地を売りたいと思っている人がかなりいました。いずれは宅地にという構想も問題なく進むでしょう。これをもって林野庁に働きかけて公費を引き出し、伐採作業に入りましょう。計三十七ヘクタールの杉林。東京ドーム八個分です。試算したところ、都内の花粉の飛散は二十%近く抑えられる。選挙まであと二ヵ月。マスコミに情報を流し、花粉症対策と銘打って杉を伐り倒す映像を動画で流せば、話題性はじゅうぶん。対策を推し進めた国会議員として先生の名は全国に轟《とどろ》きます」

「あなたの目は節穴？」

「は？」

「但し書きがあるでしょ。全員、但し書きが付いている」

勝子は一枚を手に取り、佐々木へ差し出し、「読みなさい」と言う。

佐々木は声に出して読む。

「森林蔵《もりりんぞう》氏の許可を得ることを条件にする」

勝子は次の一枚を差し出す。

「森林蔵氏の承認があれば、伐採してもかまいません」

勝子はどんどん差し出し、佐々木は次々に読む。

「森林蔵氏の許可を得てからにしてください」

「森林蔵氏が反対するなら撤回します」

「伐採は森林蔵氏の指揮のもとでお願いします」

勝子は問う。

「いったい何者？　この森林蔵って」

「中学生たちが言っていたもりりんのことでしょう」

「そんなことはわかっている。だから、彼はいったい何者なの？　なぜみんな彼の意向を気にするの？　法的根拠は？　森林蔵はどこに住んでいる？　住民票は？　戸籍は？　日本人なの？　まさか天狗《てんぐ》じゃないでしょうね」

古井が口を出す。

「山伏……ではないでしょうか」

カエが「そうね、そうかもしれません」と賛意を示した。

古井は味方を得て声を張る。

「山岳信仰は今も日本に根強く残っております。古代から山には霊力が宿ると信じられているのです。聖なる山にこもって修行を重ね、霊力を身につけた人々を山伏と呼びます」

「そう言えば、恩田村長が言ってたわね。山の神だって」

勝子はあらためて承諾書を見つめる。

信仰はセンシティブな問題で、政治介入が難しい。森林蔵氏の許可を得ることを条件に承諾する、ということは、その実「承諾しない」ということかもしれない。これは伐採承諾書ではなく、拒否書かもしれない。山を神格化し、伐採すると祟《たた》られる、という恐怖が所有者たちにはあるのではないか。

黙って聞いていた佐々木は呆れたように言う。

「森林蔵は神でも仏でもありませんよ」

「じゃあ、何？」

「木こりです」

「木こり？」

「ええ、恩田村長に問い合わせたところ、生まれも育ちももえぎ村だそうで、代々林業を生業としてきた一族の末裔《まつえい》だそうです」

「森林蔵とは連絡が取れたの？」

「恩田村長に頼んでいるのですが、まだ連絡がつかないということです。電話もないらしくて」

「住所は？　住民票があるでしょ」

「住民票は三十年前のもので、そこを訪ねてみたら、廃屋になっていたそうです。あの山のどこかにいることは確からしいのですが、現住所はわからないそうです」

勝子は眉根を寄せ、黙り込む。

「先生、たかが木こりですよ？　但し書きについては後で調整するとして、林野庁に話をもっていきましょう。省庁は手続きに時間がかかります。選挙前に伐採を始めるには、今から話を通しておかないと」

「たかが木こりは職業差別発言」と勝子は注意した。

「所在の分からぬ男の意向をみなが重んじる。偶然見かけた人はご利益《りやく》があると喜ぶ。それって、神仏にほかならない。手強《てごわ》いわよ、神仏は。とにかくこの承諾書には但し書きがあり、ここに森林蔵の名がある限り、森林蔵の意向は無視できない」

勝子は腕組みをして、つぶやく。

「会いに行くわよ」


勝子は黙々と山道を登ってゆく。

イケメン村長の恩田がその先をゆく。

前回視察で訪れた場所よりも奥の道で、勾配は徐々にきつくなってゆく。恩田は時折り後ろを振り返り、声を掛ける。

「休みましょうか？」

「いいえ、大丈夫」

勝子は滅多にはかない長ズボンと運動靴で、必死についてゆく。

佐々木は村役場に残った。トヨタ・クラシックのエンジンルームから白い煙が吹き出る事態となり、役場の車両係にチェックしてもらっているのだ。

もえぎ村ではＪＡＦを呼ぶことはない。役場には車に詳しい人間がいて、まずは彼が見る。救急車も呼ばない。村医に電話をすれば、真夜中でも４ＷＤのミニバンで往診に来てくれる。必要とあれば、村医のミニバンで都心の病院まで運ぶ。たいがいのことは村内で解決できると知って、勝子は感心した。行政が合理的に機能している。

恩田は歩きながらすまなそうに話す。

「うちの村の森林を伐採するには、森林蔵さんの許可が必要なんです。先にそのことをお伝えするべきでした」

勝子は歩くのが精一杯で、相づちが打てない。

「話が進むと思っていなかったのです。過去にも議員さんが視察に見えたことが何度かあって。土地開発の計画があるとみなさんおっしゃいましたが、視察で終わるのがほとんどだったので」

「政治家には狼《おおかみ》少年が多いの」と勝子は言った。

「でもわたしは違う」と言う前に、恩田が発言した。

「宇野勝三先生のお嬢さんですからね」

ですから何なのか、先を聞きたかったが、いきなり見晴らしの良い場所に出て、勝子は思わず「うわあ」と子どものように歓声をあげた。

空が広い。広すぎる。眼下に広がる里は青々と美しい。両手を広げて深呼吸をする。おいしい。空気がおいしい。

腰を下ろすのにちょうどよい岩が目に入った。青みがかった岩だ。勝子は崩れるように座る。恩田は背負ったリュックから小さなステンレス製の水筒を出し、カップに注ぐと、勝子に差し出す。

「アイスハーブティーです」

勝子は一息に飲み干す。体内に染み渡る旨さに、歩き疲れた体がほぐされてゆく。

恩田は立ったまま水筒から直接飲んでいる。

勝子はふと思った。恩田自身は土地開発に乗り気なのだろうかと。もえぎ村の自治は整っている。長年の知恵から根付いた無理のない自治だ。伐採後の宅地造成により、都心の企業や人々が流れ込み、近代的ルールで暮らし始めれば、もえぎ村の自治は崩壊するだろう。勝子が住む新宿も、幼い頃とは違った風景になってしまった。

アブラゼミが力を限りに鳴いている。八月だが、杉の木が日差しを遮ってくれて、心地よい風が頬を吹き過ぎてゆく。杉を伐れば、この日よけもなくなるのだ。

恩田はリュックから小型のメガホンを出した。

「法螺貝《ほらがい》じゃないのね」

恩田はクスクスと笑った。

「先生、法螺貝を吹くのは山伏ですよ。わたしは公務員ですし、森さんは木こりです」

恩田はメガホンのスイッチを入れ、立ち上がり、杉林に向けて呼びかけた。

「森林蔵さん、森林蔵さん、こちらもえぎ村の村長、恩田と申します」

姿の美しい男の爽やかな声が青空に響く。

「ご相談したいことがあります。現在、衆議院議員宇野勝子先生とともに、青岩におります。お待ちしておりますので、ぜひお越しください」

恩田はメガホンのスイッチを切った。

「こんなことで会えるの？」

「森さんの耳には届いているはずです。会う気になったらいらっしゃいますし、そうでなかったら、待ちぼうけです」

「連絡がつかないと言っていたけど、まさか何度もこうして？」

「一度だけです。佐々木さんから頼まれて、森さんと連絡を取ろうと、ここに来て呼びかけました。声は届いているはずなので、わたしと会う気はないと理解しました。今回は宇野先生がいらっしゃる。ひょっとして降りてきてくれるかもしれません。二時間ほど待ってみましょう」

二時間ほど待つ？　なんてことだ。都会とは違う時間のあり方に、勝子は面食らう。

「村長は森さんに会ったこと、あるの？」

恩田は近くの切り株に腰を下ろした。

「一度だけ」

「いつ？」

「二十七年前、首都高を信州につなげるため、この山にトンネルを通す計画があったことを先生はご存知ですか？」

「計画があったことは、書類で確認した。いったん延期になって、その後は着手されておらず、実質白紙になったと理解している」

「国土交通省、つまり当時の建設省主導で推し進められる予定でした」

「森さんが反対したの？」

「いいえ。当時村では山の神に許可を求めることをしなかったので」

「ではどうして白紙になったの？」

「ぼくのせいなんです」

今まで自分を「わたし」と称した恩田が「ぼく」と言った。勝子は私的な話に入るのだと感じた。

「八月の……暑い日でした。今日のように蟬《せみ》が激しく鳴いていたのを覚えています。トンネル工事には岩盤を破壊するための発破作業が必要で、その日は初めての爆破が行われる予定でした。父が村役場に勤めておりましたので、小学一年生のぼくは時間と場所を知っていました。学校は夏休みでした。その日子どもは山に入らぬよう、大人たちから言い聞かせられていました。一方で、大人たちは現場を見に行っていたのです。村にトンネルができる、工事は爆破で始まる。村にとってはまるでオリンピックの開会式のような胸躍る出来事だったのです。ぼくたち子どもも爆破する瞬間を見たいと思いました。花火を見るようなワクワクした気持ちでした。ぼくは友人ふたりと待ち合わせて、三人で山に入りました。大人たちに見つからないよう、けもの道を選びました。夢中で登りましたが、途中で友人のひとりが引き返そう、と言いました。怖くなったんです」

「そりゃあ、怖いでしょう。爆破現場は」

「熊です。火薬より熊のほうがぼくらにはよほどリアリティがあるんです。大丈夫だから行こうとぼくは言いました。その時、十メートルほど先で、がさっと音がして、ふたりは、きゃーっと叫びながら来た道をかけ戻ってゆきました」

「あなたは？」

「ぼくは冷静でした。茂みから顔を出したのは鹿です。角のない雌鹿でした。ぼくはひとり登り続けました」

「心配とか、なかったの？」

「ありましたよ。帰りにふたりが熊に会わなければよいがと思いました」

「それであなたは現場にたどり着いたの？」

「はい。火薬を仕掛けた場所の裏手に出ました。ぼくは大きめの岩に隠れるようにして、いまかいまかと見上げているのが見えました。すると、いきなり景色が変わったんです」

「爆破した？」

恩田は首を横に振った。

「うしろから首根っこをつかまれて、体がふわりと浮きました。なんというか、空中を飛んでいるような感じで、めまいがしました。気がつくとビルのようにでかい杉の枝の上にいました。すごく高さがあって、でも体は背後からしっかり支えられていたので、怖さはありません。間髪入れず、ものすごい破裂音がして、大地ごと震えました。ぼくがいた杉も弓のようにしなりました。ですが、体は支えられているので、落ちる心配はありません。見ると、白い煙が立ち上っていました。ぼくがさっきまでいた場所は煙に包まれ、岩の破片に覆われていて」

恩田は手の震えを誤魔化すように、拳を握った。

「怖かったです。生まれて初めて本物の恐怖を感じました」

恩田は水筒のハーブティーを飲み干した。

「ぼくの体を支えてくれていたのは山の神です。高い木の上で、背後から抱えられていたので、彼の顔は見えません。でもぼくは知っていました。この村の森林を代々管理している木こりがいて、大人たちが山の神と呼んでいること。名前は世襲制で、森林蔵。彼が何代目の森林蔵かはわかりません」

「あなたは、どうしたの？」

「ぼくは泣きながらごめんなさいと言いました。大人の言うことを聞かずにここへ来てしまったことを責められると思ったんです。彼は言いました。坊主は悪くはない。

悪いのは山に穴を開ける大人だと。それから彼はぼくを抱えて木から木へと飛び移り」

「まさか、それは無理でしょう」

「はい、無理だと思います。目をつぶれと言われ、ぼくは彼にしがみついていました。体が浮いて、飛んでいるような感覚があったのは事実です。気がつくと友だちと別れたけもの道に戻っていました。あとは自分で帰れと言って、彼は山の奥へ消えました」

「顔を見た？」

恩田は首を横に振った。

「ぼく、失禁してしまって。よほど怖かったんだと思います。顔を見る余裕はありませんでした。ひとりになって、けもの道を下りようとしましたが、腰が抜けたようになり、座り込んでいました。その頃、村は大騒ぎになっていたそうです。逃げ戻った友人たちがぼくが山へ登ったことを伝えており、それは爆破のあとだったので、大人たちはぼくが吹き飛ばされたと思ったのです。工事の関係者や消防の人たちが現場に向かっていて、父も捜索隊に加わって山へ入り、ぼくを見つけてくれました。ふもとに戻ると、母は取り乱していました。ぼくの姿を見て、みな泣きながら喜びました。

ぼくは山の神に助けられたことを伝えました。そして山の神からあずかった手紙を大人に渡しました」

「手紙？」

「ええ、今も村役場に保存されています。森林蔵さんは、あの岩盤を粉砕すると地滑りが起こりやすくなるので、工事を中止するように、としたためたのです。その後、測量の不備が見つかり、工事は延期となりました。建設省は表向きには測量ミスを認めず、子どもが迷い込む事故があったので延期すると発表し、この件から手を引きました」

勝子は行政のやりそうなことだ、と思った。自分たちの間違いをけっして認めないのだ。

政治は怖い。良かれと思って進めても、間違うことがある。間違いを認めることも政治だ、と父は言っていた。勝子はだから、国の施策で花粉被害が起こっていると認め、正さなければならないと思うのだ。

「もえぎ村ではこのことをきっかけに、それまで以上に山の神を神格化するようになりました。山の神は子どもの命を救った。しかも地滑りを予測し、多くの人命を救ったと。以後、土地所有者は森林蔵の許可なくことを進めないようになったのです」

勝子は森林蔵がいるであろう、杉林を見上げた。

二時間待ったが山の神は現れず、勝子たちは山を下りた。

最後の散歩だ。百瀬はポチに声をかける。

「今日は君の好きな道をいこう」

ポチはサモエドスマイルで、「わん」と吠《ほ》えると、いきなり走り始めた。

百瀬は引きずられるように付いてゆく。

早朝とはいえ、八月だ。太陽光が肌を突き刺すように痛い。あっという間に汗だくになった。住宅地を走りに走った。太ももが攣《つ》りそうだ。四十を過ぎ、体力の衰えを感じる。心臓が悲鳴を上げ始めると、いつの間にか小高トモエの家の前に戻っていた。

死ぬかと思った。門の前でくずおれ、肩で息をする。百瀬の手がリードをゆるめた瞬間、ポチは狙いすましたようにダッシュした。できたばかりの塀と家屋のすきまを駆け抜け、姿を消す。

百瀬は立ち上がることができなかった。息が整うと、塀に寄りかかりながら後を追う。時間がかかり、あせりが増す。

しばらくすると、緑に囲まれた空間に出た。

ポチは興奮気味にぐるぐると駆け回っている。

百瀬は驚いた。トモエから「裏庭がある」と聞いてはいたが、これほどのスペースだとは。桜やいちじくの木がうっそうと茂り、地面は背の高い雑草で覆われている。もとは花壇だったのだろう、レンガで囲まれたスペースも雑草だらけだ。古めかしい倉庫があり、濡《ぬ》れ縁《えん》や沓脱石《くつぬぎいし》もある。

以前は生活の中心だったのではないかと思われる立派な庭だ。トモエはなぜ雨戸を閉め切っているのだろう？

ポチは庭の中央で、「わん、わん」と吠えると、前足で地面を掘り始めた。

散歩コースはほとんどがアスファルトだ。土がうれしいのだろう。百瀬は跪《ひざまず》き、土に触れる。土っていいものだ。農耕民族の遺伝子に訴えかけてくる。

ポチは土を掘り続ける。本気モードだ。

犬が地面を掘るのは、いくつかの理由が考えられる。祖先である狼は巣穴を作って身を守り、子育てをする習性があった。だから本能的なものと考えられる。また、ストレスによる衝動の場合もあるらしい。

百瀬は「ポチ、そろそろ帰ろう」と声を掛けた。

ポチは一心不乱だ。雑草はなぎ倒され、土は掘り起こされ、穴は深く掘られてゆく。

「ポチ！」

強く声を掛けたが、耳に入らないようだ。ポチの前足の先が、うっすらと赤くなってきた。爪が傷ついたのだ。

百瀬はスマホを手にして獣医の柳まことに電話をかけた。

「土を掘ってる？　サモエドは猟犬ではないから本能とは考えにくい。遊びでやる犬は多いから、そんなに気にしなくても」

「一心不乱なんです。前足に血が滲《にじ》んでいます」

「なら常同障害かもしれない」

「常同障害？」

「ああ、自分の尻尾を追いかけるとか、前足を噛むとか、意味のない行動を異常なまでにし続ける障害がある。加齢での脳神経系統の異常や、若くても環境が変わったストレスで発症する場合もある。だけど、ポチは精神的に安定して見えた。脳神経に異常が現れたとしたら、ちょっとやっかいだな」

「どうしたら止められるんですか」

「無理やり止めると噛まれるから、素人は手を出さないほうがいい。悪いけど、これから手術があるのですぐには行けない。抗うつ剤を打てばおとなしくなるはずだ。夕方まで待てるか？」

「うわっ」

「どうした？」

「…………」

「どうした？　百瀬先生！　もしもーし！　応答願います」

「障害ではないようです」

「なんだって？」

「とにかく、おさまりました。お忙しいところ、すみませんでした」

百瀬は電話を切った。

前足を真っ赤に染めたポチは尻尾を振りながら、誇らしげに百瀬を見上げている。

足元には深さ三十センチほどの穴があり、穴の底に何かが覗いている。木製の箱の蓋の部分のようで、金具が打ち付けられている。一部しか見えていないが、百瀬はそれに似たものを博物館で見たことがある。千両箱。江戸時代に用いられた千両箱である。

前に散歩で出会った男性が歌っていた『花咲爺さん』が蘇《よみがえ》る。

「うーらの畑でポチが鳴く、正直じいさん掘ったれば、おーばん、こーばんが、ざーくざーくざっくざくう」

第三章　鉄の女

そろそろ結果が出る時間だ。

辻本容子《つじもとようこ》は腕時計を見る。ロッカールームに置いてある私用のスマホがぶるぶると震えていないか、気が気でない。窓口業務終了時間まであと十分。十分経ったらロッカールームへ直行だ。

ここは新宿警察署の会計課である。会計課の業務は職員の給与や交通費の支給、施設の管理。そして遺失・拾得物の管理である。民間企業に置き換えれば、経理と庶務を兼ねた部署といったところか。

刑事課強行犯係の同期から、「会計課は平和だな。こっちは日々命懸けだぜ」と言われる。「こっちだって命懸けよ」と言いたいところだが、命なんか懸けてない。日々の業務を滞りなく済ませる。正直、それだけだ。

辻本は警察学校時代、身体能力を問われる術科の成績が芳しくなかった。一方、座学の成績は秀でていたため、教官から事務官の道を勧められた。現場に出て活躍したかったが、適性がないと査定されたなら従うしかない。求められる場所で地道にやっていこうと、気持ちを切り替えた。運転免許の交付事務や総務課を経て、今は会計課の係長である。順調にいけば、あと三年で課長に昇進する。

本日は拾得物係の新人が研修で不在のため、係長の辻本が窓口業務を代行している。届けられた落とし物は傘が二点、バッグ類が三点、貴金属が一点。いたって平和だ。しかしここは新宿。拾得物が白い粉だったり、拳銃だったりする場合もあるから、ハタから見るほど呑気ではいられない。

業務終了まであと五分。早くスマホに会いたい。今はそれだけ。辻本にだって命を懸けるものはある。それは拾得物ではない。

「埋蔵物の受付はこちらでよろしいですか？」

黒ぶちの丸めがねの男がぬうぼうとやってきた。櫛《くし》がひっかかりそうなくせ毛が目につく。安物のスーツの襟に不似合いな弁護士バッジが張り付いている。バッジは金メッキが剝げて鈍い銀色をしている。そこそこ経験を積んできた弁護士の証拠だ。

「こちらで受け付けます」と答えたものの、声はおのずとこわばった。埋蔵物は単なる拾い物よりややっかいだ。五分では済まない。

男は風呂敷《ふろしき》包みをカウンターに載せ、委任状をよこした。埋蔵物発見の当事者ではなく、代理で手続きをしに来たのだ。名刺も渡された。百瀬太郎。区内の個人事務所の弁護士だ。爪の間に土状のものが詰まっている。

辻本は風呂敷を解いた。とたん、しめった土の匂いが鼻をつく。古くて頑丈そうな木箱が出てきた。全体に土がこびりついている。代理人ということだが、彼が掘り当てたに違いない。手を洗ったが取りきれなかったのだろう、証拠は爪にある。

警察学校時代、格闘技や射撃の腕は最低だったが、被疑者を観察し分析する能力は抜きんでており、褒められた。事務官なのでその能力は宝の持ち腐れだ。同僚の経費請求の誤魔化しを見抜くことはできるが、指摘してもうるさがられるだけなので、目をつぶっている。

百瀬は依頼人の庭からこの箱が出てきた経緯を説明した。犬がここほれワンワンという、日本昔ばなしのようないきさつである。話し方は落ち着いており、嘘《うそ》はないと見た。嘘ならばもっとマシなものを考えるだろう。

辻本は拾得物届の用紙を渡し、記入するように言った。

百瀬は胸ポケットから万年筆を出してキャップをはずし、ハッとすると、こちらを見てばつの悪そうな顔をした。己の爪の汚れに気づいたようだ。

百瀬は記入を始めた。もくもくと字を連ねる。丁寧だが個性的な文字である。

警察学校時代の同期に変わった男がいて、文字に表れる人柄について研究していた。その男によると、秀才は美しい文字を書く傾向にあるそうだ。手本通りの字形を書ける能力、つまり物真似《ものまね》がうまいということで、学習能力が高い証拠であると、男は言った。対し、個性的な文字を書く人間は学習能力が劣った人間、あるいは、常識をひっくり返すほどの天才の可能性もある、と言うのだ。

さて、目の前の弁護士はどちらだろうと、辻本は考える。馬鹿か、天才か。

ちなみに文字を分析した男は、美しい文字を書いた。繊細すぎて警察学校に馴染めずに退学となった。今は辻本の夫で、家事をしながら小説家を目指している。

辻本は両親から「旦那、まるでヒモじゃない。あなたがかわいそう」と言われた。侮辱されたと感じ、実家とは絶縁した。女は家庭に入れば主婦と呼ばれるのに、なぜ男は稼ぎで査定されるのだ。夫は一円の稼ぎもないが、誰よりも勤勉で、努力家だ。十五年間盆暮れ正月も休まずに書き続け、文学賞に応募し続けている。才能があるかどうか辻本にはわからない。一日も早く結果を出してもらって、実家を見返したいと思っている。このたびやっと最終選考に残り、その発表が今日なのである。子どもは授からなかった。育んできたのは彼の夢、いや、ふたりの夢である。

窓口業務終了時刻はとっくに過ぎた。が、業務は非情にも続く。

百瀬が書き終えた用紙に辻本は目を通す。

「発見者欄、間違っています」

「間違っていません」

「ポチと書いてある。発見者はあなたでしょ。あなたポチですか」

「発見者はわたしではありません」

「爪に証拠の土があります。爪だけじゃない、スーツも靴も泥だらけですよ」

皮肉は通じないようで、百瀬はおだやかに返答する。

「さきほどご説明しました。見つけたのはポチです。わたしは手伝っただけです」

「ここは人間の名前を書く欄です。あなたも弁護士なら、公文書の書き方くらいご存知でしょう?」

「ええ、書き方は承知しています。公文書は事実に即して書かねばなりません。でないと偽造の罪に問われます。ですからポチと正直に事実を書いたのです」

辻本は「事実」という言葉に、ハッとした。

近年、事実を追求する空気は署内からなくなりつつある。最初はそれを嘆いていたが、今は自分も馴染んでいる。組織では仕事を先に進めることが優先される。書類を完成させるために辻褄《つじつま》を合わせることが重視され、いくつもの「事実」が取りこぼされてしまっている。

「こんな書類を上にあげたらわたしが怒られます」

「事実を曲げて怒られる行政機関があっていいんですか？」

面倒な人間を担当してしまったと、舌打ちしたい気分だ。同時に、こういう人間が署内にひとりいたら、とも思う。

辻本はまっすぐな子どもだった。「人を助けたい」「世の中をきれいにしたい」と志を胸に、警察で働くことを目指し、夢を叶えた。そして二十年経ち、事実よりも上司のはんこを重く見るようになってしまった。

辻本は思う。この男は弁護士として、やっていけるのだろうかと。警察に出入りする弁護士は警察官以上に「事実なんてどこふく風」という輩《やから》ばかりだ。

「では、ポチの飼い主の名前を書いてください」

わかりました、という答えが当然くると思ったが、違った。

「あいにく、ポチは迷い犬として警察に届けてあり、現在は所有者を探している最中です。所有者不明となりますが、そう書いてよろしいですか？」

「今実際に飼っているのは誰ですか？」

「土地の所有者欄に記名してある小高トモエさんです。二〇〇七年、遺失物法は改正され、保管期間は半年から三ヵ月になりました。ポチはあと一ヵ月もすれば正式に小高トモエさんが飼い主となります。しかし今はまだ彼女の名を書くことは妥当ではありません」

「掘り起こしたのは百瀬さん、あなたなのですから、あなたの名前を書いたらいいじゃないですか」

「埋蔵物の所有主が現れなかった場合、発見者と土地所有者で権利を折半することになります。ですからこの発見者欄はかなり重要な意味をもつのです」

辻本はカチンときた。

「そのくらい知っていますよ。警察職員ですから。この欄は報償に関わるんです。だったらなおさらここにポチと書くわけにはいかないでしょ」

「わたしはポチを止めたんです。ですがポチは言うことを聞かずに掘り続けた。流血しながらですよ。そのおかげでこの箱が出てきました。あきらかにポチの功績です。

わたしの名前は書けません」

百瀬は「ポチ」の横に「所有者不明の犬」と書き添えた。個性的な文字で。

辻本は呆れた。こいつ、馬鹿決定。

書類を受理しながら、「あなた独身でしょ」とささやく。

百瀬は急な変化球にとまどったようで、怯えたように「はい」と答える。

「よかった」

「よかったと言いますと？」

「奥さんは苦労すると思ったの」

百瀬はみるみる不安げな表情になった。

辻本は愉快になった。思いがけず相手の急所をつかんだようだ。

「あなた、報償金をもらいたくないんでしょ？」

辻本は妙に清々《すがすが》しい気持ちになっていた。

「わかりますよそのくらい。二十年も警察に勤めているんですから。法律上、権利が発生してしまうけれど、自分が貰《もら》うのは違うんじゃないか、という感覚があるのよね、あなたには。ポチを止めたしね」

「ポチを止めました」

「あなたの気持ち、わからなくもない。でもね、あなたは服と靴と爪を汚すほど労働したのですから、その対価くらい貰う器量がないと、家族を幸せにできないわよ。あなたのトクは家族のトクなのですから」

辻本は今まで数々の事実に目を背け、上司のはんこを貰い続けた。それもこれも、夫の創作を支えるためだ。

百瀬は恥ずかしそうに頭を掻いた。

「お手数おかけしてすみません。この書類をあなたの上司が問題にしたら、わたしに連絡をください。弁明に参ります」

土だらけの埋蔵物を残して、正しい男は去った。

そう、辻本は百瀬の中に「正しさ」を見たのだ。久々に見る「正しさ」だった。馬鹿がつくほどの「正しさ」であった。

果てしなく広がる砂漠の中に、砂つぶ大の、そう、〇・一カラットのダイヤを見つけたような気分だ。小さすぎて指輪にもならないダイヤモンド。それをひとつぶ見つけたことにより、砂漠の中にどれほどのダイヤが埋まっているかを想像してみる。ないかもしれないし、あるかもしれない。ないとは言い切れないし、あると信じていると、砂漠が宝の山に見えてくる。

辻本は書類を完成させ、課長に提出し、埋蔵物を鑑識課へ回した。すべての業務を終え、ゆっくりとロッカールームへ向かう。走らず、あせらず、一歩一歩。

夫が受賞を決めたら、それはとてもうれしいことだ。だがもし落選したとしても、ふたりの人生はそう悪いものではないと、思えてきた。親から言われた言葉にあれほど傷ついたのは、自分の人生に自信が持てなかったからだ。

今は違う。この先ずっと夢のままで終わっても、この世は生きる価値のあるものだと、思えるのだ。

辻本はロッカールームのドアを開けた。

ひさしぶりに実家に葉書を出そう。元気でいます。仲良く暮らしていますと。


「万事休すのときは上を見なさい。すると脳がうしろにかたよって、頭蓋骨と前頭葉の間にすきまができる。そのすきまから新しいアイデアが浮かぶのよ」

七歳の時に母から授かったこの教えに従って、百瀬は上を見つめていた。

シミだらけの天井がそこにある。

古い三階建てのビルの一階にある百瀬法律事務所。ビルというものは、下から劣化が進むという。なにせ湿気が集まる。ビルのオーナーは「そろそろ建て替えないと」と、毎度契約更新時につぶやき、「ここを出されたら行くところがないんです」と毎回百瀬ははんこを押してきたが、去年はついに「本気で建て替えを考えたほうがいいかもしれませんね」と忠言した。ほんとうにそろそろやばい感じである。しかしこの家賃で猫の多頭飼いが許される物件は都内に見つかりそうにない。

どれくらいの時間シミを見つめていただろうか。先生、先生という声が遠くから聞こえて、それは百メートル先のパトカーのサイレンのように、小さいけれど気になる音で、それがだんだんと大きくなって、しまいには腕を摑まれ、揺さぶられて、百瀬は現実に戻った。

「百瀬先生、受話器をください。握りしめているそれですよ」

事務員の七重はひったくるように受話器を奪った。

「これから猫トイレの砂を注文するんです。砂と言っても、木屑《きくず》ですよ。ドイツ製の高級猫砂です。わたしども使うトイレットペーパーは十二ロール二百九十八円の安物ですけどね。わたし、ドイツ語はしゃべれないので、日本の通信販売会社から買っています。地球環境を考えて、猫トイレに木屑を使っているんです。木は埋めれば土に還《かえ》るでしょ？　先生、何をぼうっとしているんです。褒めてくれてもいいんじゃないですか？　わたしの選択はすばらしいと」

「木材は土に還りません。リグニンという成分が含まれているため、土の中では分解されにくいのです」

「えっ、そうなんですか。じゃあ木屑を使う意味ないじゃありませんか！」

「意味はあります。この木屑は化学物質が使われていないので無害ですから、猫にも人にも優しい。今までどおり使い続けてください」

　そこへ野呂が口を出す。

「七重さん、それは百瀬先生が選んだ猫砂じゃないですか。この猫砂を使うようにと先生が七重さんに頼んだんですよ。七重さんは高すぎるって抗議していましたよね。地球環境より事務所の収支のほうが危機的状況だと騒いでいました。忘れちゃったんですか？」

「あらそうでしたっけ」

　野呂は百瀬を見る。

「先生、さきほどの電話、警察からですよね」

「はい。新宿警察署の会計課からです」

「持ち主がわかったんですか？」

七重は「えっ」と叫び、受話器を割烹着のポケットに入れた。

「ポチの飼い主が現れたんですか？」

「それはまだです」

「千両箱の件でしょう？　先生」と野呂は言う。

「持ち主は見つかっていませんが、鑑定の結果が出ました」

小高家の庭から発掘されたのは、江戸時代に作られた千両箱であると判明した。

あの朝、百瀬は玄関に回ってトモエを呼び、小さなスコップを借りて、ポチが掘った穴をさらに掘り進めた。トモエは雨戸を開けて、そこからお茶を振る舞ってくれた。朝食はおにぎりにしてくれた。百瀬は作業の途中で縁側に腰掛けて食べた。おにぎりも感動的にうまかった。

料理は繊細な感性と地道な積み上げで大きく差が出る。これほどのおにぎりを作れるトモエが雨戸を開けずに庭を放置していたことに、百瀬はひっかかった。

幸いその日は依頼人と会う予定はなく、積み残した仕事は徹夜でこなす覚悟で、百瀬は穴を掘り続けた。箱を掘り出すのに一時間半、穴を埋め戻すのに三十分かかった。

箱は長年土に埋まっていたため、木は傷んでいたものの、リグニンのおかげで分解されず、原形を留めていた。幅は四十センチ、奥行きと高さは二十センチくらい。金具が鋲打《びょうう》ちされているせいかひどく重い。長年埋まっていたと言っても、さほど深くないので、せいぜい数十年のことだろう、と百瀬は推測した。かなり古いものに見えたが、最近でもこの手の箱は作られているので、その場では時代を特定できない。

トモエはひどく驚いていて、見たことがない、自分のものではないと言うので、拾得物として警察に届けることを勧めた。

警察には行きたくないとトモエは言った。ポチを拾った時、巡査に「捨てに来たんじゃないか」と皮肉を言われたからだろう。

小高家の庭から発掘されたので、埋蔵物を届ける際、トモエの名前が要《かなめ》になる。委任状を書いてもらって、代理人として百瀬が新宿警察署に持ち込み、手続きをした。

千両箱には鍵がかかってはいなかった。あまりにも重いので中身を確認したかったが、所有者のプライバシーを侵害しないよう、蓋は開けずに届けた。盗難品だった場合、警察に盗難届があるためすぐに所有者が見つかる可能性がある。

拾得物の窓口にいた会計課の職員はあからさまに嫌な顔をした。爪の汚れが原因だろうと百瀬は恥じ入った。

結婚相談所に通っている頃、担当アドバイザーから懇々と言われたのが、「初対面では清潔感が最重要課題」である。風呂はもちろん、髪も毎日洗うこと、爪の間の汚れはもってのほか、と言われ続けた。そのアドバイザーが婚約者となったので、百瀬は現在どんなに疲れていても毎日の入浴は欠かさない。一緒に住んではいないが、同じアパートなので、ばったり会った時に嫌われないよう、ものすごく気をつけている。

職員は見合い相手ではないが、爪の汚れに悪印象を持たれただろうと思うと、せめて書き損じはするまいと気を引き締めた。終始職員の口調はキツかったが、昔の大福亜子ほどではない。亜子で鍛えられた百瀬は余裕で応じたが、「奥さんは苦労する」と言われたことにショックを受けた。自分が苦労するならいい。大切なひとには苦労をかけたくない。絶対かけたくない、と思うのだった。

それから一ヵ月が経ち、本日、百瀬は会計課からの電話を受けた、というわけだ。

百瀬は野呂と七重に説明する。

「鑑定の結果、千両箱は江戸時代のものと判明。蓋の裏に嘉永《かえい》六年六月吉日と墨字が残っていたそうです。ペリーが浦賀に来航した年ですね。中には小判があり、貴重な小判だったようで、歴史的に価値のある埋蔵文化財に指定されることになりました」

野呂は感慨深げだ。

「黒船来航と同じ年ですか。歴史を感じますなあ」

「盗難届は出ていないということです。所有者不明のまま、埋蔵文化財として保管されることになりました」

七重が口を出す。

「その、埋蔵文化財ってのに指定されると、それは誰のものってことになるんですか？」

「都の所有物になります」と百瀬は答える。

「えっ、都がぼったくるんですか？」

「七重さん、落ち着いて」と野呂がなだめる。

「埋蔵文化財に指定されると、その価値に相当する金額が報償金として所有者に支払われるんですよね、先生」

「野呂さん、よくご存知で」

「実は若い時にトレジャーハンティングにハマったことがあって」

「なんですか、それ」と七重は問う。

野呂は青春を懐かしむように話す。

「秘境に赴き、財宝を探すんですよ。男のロマンです。アメリカやイギリスでは職業にしている人もいます。難破船などから財宝を見つけて、収集家に売りさばいて、ふたたび秘境へと向かう。ロマンからロマンへ。ゴールなき旅が続くのです」

「男の考えそうなことですよ」と七重は鼻白む。

「出てくるかもわからないものに時間とお金をかけるなんて、まるで博打《ばくち》じゃないですか」

百瀬は「西洋と日本ではだいぶ違います」と言う。

「日本には遺失物法がありますから、拾得者はすみやかに所有者あるいは警察に届けなければならないと決まっています。勝手に売りさばくと違法です。だから日本ではトレジャーハンターは職業になりにくいのです」

「そうなんですよ!」と野呂が力強く言う。

「交通費が馬鹿にならず、貧乏人の趣味には向いていません」

「野呂さんはどんなところを探したんですか」

「やはり城跡が狙い目ですよね。地方には結構残っているんですよ。城の跡地で、まだビルなど建っていない土地が。土地の所有者に掘っていいかと相談すると、たいていどうぞと言ってくれます。なにせ埋蔵金が出てきたら所有者に半分入るわけですかられねえ」

「博打の話はそのくらいにして」と七重は遮った。

「ロマンの話です」と野呂は食い下がる。

野呂はギャンブル嫌いを公言し、競馬も競輪も競艇も「手を染めたことはないし、生涯しない」と胸を張っている。こっそりパチンコはやっているのだが。

七重は百瀬に問いただす。

「報償金とやらはいくらに決まったんですか？　その連絡だったんじゃないですか？」

「一億円だそうです」と百瀬は言った。

事務所内はしーんとした。

野呂も七重も固まったまま動かない。

「思いのほか小判の量が多かったみたいで」と百瀬はつぶやいた。

事務所は静まり返ったままだ。

「江戸時代には十種類の小判が発行されましたが、今回発見されたのは金の純度が高い慶長《けいちょう》、正徳《しょうとく》の小判だったそうです。豪商か大名の資産かもしれません。名主《なぬし》も可能性としてはあるかな」

ふたりが反応しないので、百瀬は立ち上がり、身支度を整えた。

「これから小高トモエさんに説明に伺います。埋蔵物に関しては、ほかの拾得物と違い、公告期間が六ヵ月と決まっています。土地所有者の小高さんのものと正式に決まるには六ヵ月待たねばなりません。今のところ盗難届や遺失届は出ていません。埋蔵金で所有者が現れた例は過去にほとんどないので、おそらく小高さんのものとなるでしょう。一時所得になるため、確定申告のお手伝いもしないと」

野呂は「ちょっと待ってください」と百瀬を引き止めた。

「埋蔵金は民法第二百四十一条により、所有者が判明しなかった場合は、発見者とその土地の所有者で折半することになっていますよね」

「さすが野呂さん、お詳しいですね」

「その半分をもらうために、あちこちの城跡を掘り返しましたからね」

「ほうら、やっぱりお金目当てじゃないですか」と七重がちゃちゃを入れる。

野呂は尋ねる。

「あの埋蔵金は先生が見つけたんですよね？」

「ポチです」

「えっ」

野呂は「ああ……」とため息をついた。そういうところが好きなのだが、そういうところがなあ、と深く深く、さらに深く落胆した。

七重はあきらめない。

「先生、さっき天井を見ていましたよね」

「はい」

「一億円と聞いて、びっくりしたんじゃないですか？　手続きをした先生に入るお金を計算していたんですよね？　うちの事務所にいくら入ります？」

「ああ、さっきのあれですか」

百瀬は恥ずかしそうに頭を掻いた。

「大福さんと一緒に金沢へ行く予定があることはご存知ですよね。大福さんとの旅は初めてですし、母との対面もありますし、どの服を着て行こうか、迷っていて」

「は？」野呂と七重はハモった。

「服といっても、スーツは紺とグレーの二着しかないんです。普段着はライトグレーのシャツと、紺色のチノパンです。母と会うのですから、スーツの方がふさわしい気がするのですが、ネクタイは改まりすぎますよね」

事務所内はしーんとした。

百瀬はじっと答えを待っている。

「そんなことはどうでもいい」と、七重は低い声で唸《うな》った。

「一億のうち、うちの事務所に入るのはいくらです？」

「ゼロです」

「そんな馬鹿な！」

「それより七重さん、猫砂注文しなくていいんですか？」

「あ、そうだった」

七重はあわてて固定電話に近づくが、受話器がない。

「あれっ」

七重がきょろきょろ捜し始めると、百瀬は言った。

「割烹着のポケットですよ。さっきご自分で入れてました。では、いってきますね」

百瀬は出て行った。

野呂と七重は閉まったドアに向かって同時に「なんてこったい！」と叫んだ。

七重はやれやれという顔で野呂を見る。

「珍しく気が合いますね、野呂さん」

野呂は恥ずかしそうに鼻の頭を指でこすった。

「わたしたちは服の相談に乗るべきでしたね。そうだな、紺のスーツがいいかな。どう思いますか？　七重さん」

七重は野呂を睨み、「心底どうでもいい」と毒づいた。そしてポケットから受話器を出す。

「細かいところに気がつくくせに、大事なところがぽかっと抜けているんですよね、百瀬太郎は」

「呼び捨てですか、七重さん」

「五千万をふいにしたんです。太郎のやつ、ですよ」

野呂は「まったくもって、太郎のやつですなあ」と苦笑した。

百瀬は小高トモエの家に向かった。

トモエの家に行くのは一ヵ月ぶりである。塀が整ったので朝の散歩はなくなっていた。正水直は今も夕方の散歩を請け負っており、彼女から様子を聞いているが、トモエはあいかわらず笑顔が素敵で料理が上手。ポチとも仲良く暮らしているらしい。

「でも庭の倉庫が気になるんです」と直は言う。

「閉め切っていると、カビだらけになるんです。たまには風を通さないと。春美荘の一階を片付ける時に、カビの除去がたいへんでした。それに、庭から千両箱が出てくるくらいだから、あの倉庫にも何かあるかもしれません」

高齢者のひとり暮らしはさまざまな問題を内包している。百瀬が若い頃に請け負った世田谷猫屋敷《やしき》事件は、老女による猫の多頭飼いが、近隣住民からの訴訟によって明るみに出た。訴えられるという形であっても、発覚することは大事で、解決につながった。

小高トモエの場合は頭脳明晰《めいせき》だし、今のところ生活に不安はないが、正水直のような若者が出入りすることで、問題を未然に防ぐことができるだろう。

久しぶりに門の前に立った時、横から「こんにちは」と声をかけられた。隣の家に住む女性だ。庭仕事の最中で、軍手をはめている。

「小高さん、ずいぶんと大きなワンちゃんを迎えたんですね」

「はい。フェンスを作ったのでそちらに侵入する恐れはないと思いますが、鳴き声が気になりますか？　温厚な犬ですが、結構鳴くので」

「鳴き声が聞こえて、ほっとしているんですよ」

女性は微笑んだ。

「ポチちゃんが亡くなって、小高さん長いこと引きこもっていたでしょう？　雨戸も閉めちゃって」

「ポチちゃん？」

「あんなにガーデニングが好きだったのに庭は荒れ放題ですし、趣味の山登りもやめちゃって」

「山登り？」

「足腰が丈夫で、タフでチャーミングな方だったのに、久しぶりに見かけたら、すっかり足が弱っちゃったみたいで、シルバーカーに寄りかかって買い物に行く姿を見て、心配で。声を掛けても、大丈夫ですからとおっしゃるし」

「ポチというのは」

「白のポメラニアンですよ。猫くらいの大きさの。小高さんはなるべく自由にさせたいって、おうちでは首輪をはずしていました。庭を元気に駆け回って、うちにもちょこちょこ入り込んで来ましたよ」

「ご迷惑をおかけしまして」

「迷惑なんてとんでもない。うちの家族はみな動物が好きなんです。でも、飼うのって、責任が生じるじゃないですか。旅行が趣味なので、飼わないでいるんです。ですから、時々遊びに来るポチちゃんがかわいくてねえ。小高さんが山登りに行く日はうちであずかったりもしていたんですよ」

「ポチが亡くなったというのは」

「もう二年になりますかしら。交通事故です。道路に飛び出しちゃって。ちょうどあなたが立ってるそのあたりですよ。ひき逃げです」

百瀬は自分の足元を見つめた。

「小高さんの目の前でね。無惨なことでした」

「そんなことが……」

「小高さん、あまりのことに失神しちゃって。わたしはその場にいたので、救急車を呼びました。意識は戻ったんですけど、いろいろと検査を受けたみたいで、一週間くらい入院していたかしら」

「ポチのほうは」

「そのままにはしておけないので、ペット専門の葬儀社を呼んでお骨にしてもらったんです」

電話をかければ遺体を引き取りに来てくれて、火葬後に遺骨を届けてくれるペットの葬儀サービスがある。

「それはそれは……お世話になりました」

百瀬は深々と頭を下げた。

「あの、あなたは息子さん？」

「いいえ、こういうものです」

名刺を渡すと、「弁護士さんですか」と怪訝《けげん》な顔をした。

「最近出入りしている姿をお見かけして、親戚の方かと思っていました。夕方来るお嬢さんは？」

「彼女はアルバイトです。犬の散歩の。わたしは弁護士ですが、事件とか、トラブルではないんです。公的な手続きをお手伝いしているだけです」

女性はほっとしたようだ。

「では」

百瀬が門を開けて中へ入ろうとすると、女性は「あの」とさらに話しかけてくる。

「お骨のことなんですけど」

「はい」

「小高さんが退院してから、様子を見てお渡ししようとしたんですけど」

「はい」

「ポチちゃんの話をしても、きょとんとなさって、何の話かしら、という顔をするんです。それはやはり、事故はショックでしょうからね。また失神したらいけないし、あまりその話をするのはまずいのかと思いまして」

「ひょっとして、まさか……ポチのお骨を？」

「ええ、うちでおあずかりしているんです」

百瀬は驚いた。ペット訴訟を数々引き受ける中で、人間のエゴのぶつかり合いを嫌というほど見て来たが、隣人のペットの葬儀を肩代わりした上に、お骨まで保管している人がいるとは。しかも二年も！

世の中は捨てたものではないと、百瀬は思った。同時に小高トモエの記憶力に不安が浮上した。認知症とは思えないのだが……。

「失礼ですが、火葬代は請求しましたか？」

「いいんですよ、それは。うちが勝手にやったことですから」

「それはいけません。わたしが伝えますので」

「いいえ、いいんです。それだけは言わないで。小高さんだったら立ち会い火葬で手厚く見送ったと思います。わたしはただ車を呼んで、お骨を受け取っただけで、お骨上げも何もかも業者任せだったんです。だからこれこれこうしましたと説明するのが辛いんです。絶対絶対言わないでください」

「わかりました」

「それよりもお骨です。ポチちゃん、小高さんのもとに戻りたいんじゃないかしら」

「わたしがおあずかりします」と百瀬は言った。

女性はほっとした顔で、「そうですか？　今、お渡ししていいですか？」と、飛ぶように室内に入って行った。

白い覆い袋に包まれた骨壺《こつつぼ》が百瀬に手渡された。覆い袋には線香の香りがしみついている。大切にあずかってくれていたのだ。

「ポチがお世話になりました」

百瀬は深々と頭を下げた。


呼び鈴を押したがトモエは出てこない。

これから行くと伝えてあるのに、反応がない。こんなことは初めてだ。ひょっとしたら体調不良かもしれない。記憶障害も気になる。

玄関ドアのノブを回すと、鍵がかかっていない。

「こんにちは」と言いながら、恐る恐る開けてみた。珍しくテレビの音声が聞こえてくる。ワイドショーのようだ。けたたましいレポーターの声が響いている。テレビの音で呼び鈴が聞こえなかったのだ。

「入りますよ」と断って玄関を上がって廊下を行くと、リビングのソファにトモエの後ろ姿が見えた。倒れていないことにまずはほっとした。背を丸め、やや前のめりの姿勢でテレビを見つめている。生きているほうのポチは横に並んで座り、百瀬に気づいてこちらを見た。

サイドボードの上にある古い型のテレビが点《つ》いている。災害時のために一応買っておいたが、使わずに劣化した、そんな風情のテレビだ。トモエもテレビを見るのだと、軽く驚いた。ひとり暮らしだ。考えてみれば、テレビを見る時間もあるだろう。

女性レポーターが叫ぶようにしゃべっている。

「花粉症のみなさんに朗報です。来年の春はマスク無しで過ごせるかもしれません！」

山が映っている。テロップによると、多摩の山間部だ。報道陣が集まり、杉林を背にして複数のレポーターたちがそれぞれのカメラに向かって熱弁を振るっている。話題のニュースのようだ。

「なんと宇野勝子衆議院議員は自宅の土地建物を担保に、もえぎ村の杉林を購入したということです。杉を伐採するために私費で土地を購入。宇野勝子先生の本気度が伝わってきます！」

カメラはアングルを変え、杉林の前に立つ宇野勝子を映し出す。

紺のスーツを着た宇野勝子はヘルメットを被《かぶ》り、片手に大型の電気ノコギリを握りしめ、もうひとつの手にはマイクを持って、カメラ目線で訴える。

「今まで国は花粉症対策にあまりにも及び腰でした。国策の甘さからこれほどまでに広がった花粉被害の責任は、国が取らねばならない。国民のみなさんの自助に頼るのは政治の怠慢にほかなりません」

「そうだ！　怠慢だ！」と周囲から力強い賛同の声が上がる。

「わたくしは国民のみなさまをマスクや抗アレルギー薬から解放したい。春を心待ちにしていただきたいのです」

「おーっ」という雄叫びが聞こえる。

カメラはアングルを変え、周囲に集まる人を映した。ハチマキをし横断幕を掲げた人たちが、拳を振り上げて声援を送っている。

「頑張れ宇野カツ！　我らが宇野カツ！　花粉撲滅！　えいえい、おー！」

声援を送っているのは、地元民ではなさそうだ。画面の端には、農作業の途中で立ち寄った人々がものめずらしそうに絶叫する彼らを見ている。花粉症に悩まされている都会人が宇野勝子に共鳴し、応援団を結成したのだ。宇野勝子は電気ノコギリで片手がふさがっているため、マイクを高く掲げて声援に応える。

「三十七ヘクタールにはびこる杉という杉をばっさり伐ります。そして来春、都内の花粉がどれくらい減ったかを調査します。効果が実証されたら、杉の伐採を全国で進めるよう、林野庁を動かします。今回はあくまでも実証実験。三十七ヘクタールは東京ドーム八個分です」

宇野勝子は政治家にしてはおっとりとした口調でしゃべる。耳をすまして聴きたくなるような実直な語りかけだ。

「わたくしが全財産を投じて購入した土地であり、これがわたくしにできる精一杯です。実験が成功したら、行政を動かす所存です。わたくし宇野勝子、必ずや憎《に》っくき杉を一掃します。杉を伐って伐って伐りまくります」

応援団の雄叫びがかしましい。

静かに観《み》ていた小高トモエはふいに立ち上がり、ゆっくりとテレビに近づいた。うるさいので消すのだろうと百瀬は思った。トモエはそっとテレビの上面に手を当てた。まるでよしよしと子どもを褒めるみたいに、テレビをさすっている。

「一日《ひとひ》を　終われば　待つ　ひと　家《いえ》」

静かな歌声が聞こえてきた。コマーシャルが挿入されたのだ。歴史あるハウスメーカーの有名な歌である。ワイドショーの騒がしさから一転、おだやかな空気が広がった。

「あの街に　あの家に　こころは　帰る」

百瀬はこの歌に思い入れがある。友人の家のテレビで、この歌を何度か聞いた。初めて聞いた時から胸に残った。ＣＭソングと知ったのはずっとあとである。

ひとには帰るうちがある。うちを想《おも》う時、心に灯がともるのだと教えてくれた歌だ。百瀬には帰るうちがなかったが、友にはある。若干の胸の痛みはあったが、それを凌駕《りょうが》する幸福感があった。

友人の家からひとり帰る道、夕日を浴びながら青い鳥こども園を目指した。坂道の両側にさまざまな形をした大きな家や小さな家があり、窓のむこうには家庭がある。

その確かさを感じながら歩くのが好きだった。

司法修習生だった頃、研修所での最終日の打ち上げで、ひとり一曲歌えと言われて、百瀬はこの歌を歌った。百瀬には三大苦手があり、一が短距離走、二が男女交際、三が歌唱である。音程がゆらぎまくり、リズムも狂っていたため、はじめはみんな「ロシア民謡か？」と首をひねったが、「積水ハウス」のくだりで「CMソングかよ！」と大爆笑された。百瀬はひたむきに歌い続け、しまいにはみなが参加し、大合唱になった。

翌日教官に注意された。

「司法は公平が命。特定の企業に肩入れしたように誤解をまねく行いは厳に慎むこと」

百瀬は今もこの歌が好きだ。

「やすらぎと　しあわせを　だれでも　願う」

最も好きなくだりに、ふいに涙ぐみそうになる。すると、すすり泣く声が聞こえた。テレビを抱くトモエの背中が小刻みに震えている。

「美しい　いのちみな　あふれて　生きる」

ポチは心配そうに「くーん」と鳴いた。

「絶対うまくいく」

　佐々木学は自分に言い聞かせた。

「ここまでは完璧だ。いや、完璧以上の成果が出ている。そしてまさに今日は……勝負の日だ」

　トヨタ・クラシックのハンドルを握りしめ、山道を登ってゆく。舗装されていない道の運転にも慣れた。何度も通った道。今日はひとりだ。

　ボスの宇野勝子はもえぎ村の空き家を買い取り、そこを花粉症対策本部にして、秘書の古井やカエと共に滞在している。佐々木は省庁との交渉のため、新宿の事務所に残った。郵便物の整理から五葉松の水やりまで、細々とした雑事をカエたちから引き継いだ。もえぎ村には三日に一度通っている。

「たいへんね」とカエに労《いたわ》られるが、佐々木はどんなに夜遅くなっても親友と語らう時間を死守したい。そのためには自宅に帰りたいのだ。

　ウインドーを下げ、山の空気を車内に取り込む。都会で濁った肺を浄化してくれそうな気がする。いつかこの空気を親友にも吸わせたい。

宇野勝子が突然「花粉症対策を公約にする」と言った時、佐々木はあやうく「事務所をやめさせていただきます」と言うところであった。あの時、絶妙なタイミングで電話がかかってきて、それが親友の危機を知らせる連絡だったので、早退させてもらい、軽はずみな判断を免れた。さすが親友、救いの神である。

落ち着いて考えてみると、花粉症対策は一般受けすると気づいた。現代人には「わかりやすさ」が受ける。わかりやすさ第一主義は社会的な傾向だ。ドラマはモノローグを多用するし、車の運転はナビに従うし、レストランはグルメサイトで事前にチェック。

「いったいどうなるだろう？」という謎解きのワクワクは、ミステリー界にだけ残されている。が、そのうち本の帯に「なんと真犯人は娘だった！」というコピーが躍る日が来るかもしれない。

現代人は忙しい。さっさと答えにたどりつきたいのだ。迷うことは「経験」ではなく「無駄」なのである。

公約は、叶《かな》うかどうかわからぬ壮大な政治理念よりも、「あなたの困りごとを解決します」という実利の提示こそ、一票につながる。某政治家が「はんこをなくす」と言ったが、それくらいのわかりやすさが肝だ。はんこ業界には死刑宣告にあたるが、「はんこって面倒臭い」と思う人の数のほうが圧倒的に多い。ユウケンジャー佐々木としては、票につながるわかりやすさに軍配をあげたい。千人の楽のためにひとり死すを辞さず。

ゆえに花粉症対策はイケると判断、佐々木はさっそく動いた。

実務は得意だ。動くと決めたら早い。あっという間に土地所有者から伐採承諾書を得た。当然褒められると思ったが、宇野勝子は注文をつけた。

「但し書きにある森林蔵の許可が必要」と言い出したのだ。

佐々木は、「森林蔵には法的権利はない」と主張したが、「ディテールをあなどると、ことはひっくり返る」と勝子は譲らない。イラっときたが、ボスは勝子だ。しかたなく会いに行く段取りを整えた。勝子は恩田村長とふたりで山へ登ったが、結局は森林蔵とは会えずじまいであった。

勝子はしかめっ面をして山を降りてきた。諦めるかと思ったが、とんでもないことを言い出した。

「所有者から土地を買い上げたら、こちらの好きにできる」

古井とカエは猛反対した。

「私費を投じるなんて！」と。

「失敗して全てを失ったらどうするんですか！」と。

佐々木は黙っていた。なぜなら、「私費を投げ打つ政治家は、有権者にウケそうだ」と思ったのだ。ユウケンジャーとしては大賛成だが、こんな危険を冒させてよいのか、という思いもあるにはあった。選挙に落ちればタダのヒト。四十七歳の独身女性が無一文になって、どう生きればよいのか、佐々木には想像もつかない。

古井とカエが言葉を尽くして勝子を説得しようと試みたが、勝子は右から左へ聞き流し、うっすらと笑みすら浮かべていた。

勝子はささやいた。

「子どもがいなくてよかったわ」

古井とカエは耳が遠いので聞こえなかったようだが、若い佐々木には聞こえた。

頭に浮かんだのは、選挙区の天敵、桃川いずみだ。彼女には子どもができた。そのことに、勝子なりの思いがあるのではないかと、佐々木はようやく気づいた。勝子は四十七歳。配偶者も子どももいない。父も母もいない。

佐々木が生まれるずっと前から、この国特有の価値観の中で生きてきた勝子。男は男らしく、女は女らしくを求められた時代だ。男らしさは経済力、女らしさは母性で測られた。育った時代の価値観はいやが応でも個の中に滲《し》み込む。

勝子は女性として、焦燥感があるのではないか。だからこそ、「子どもがいないから失うものがない。それこそが自分の強みだ」と、自身を奮い立たせているのかもしれない。

佐々木は思った。

彼女は真《しん》に「鉄の女」なのだと。

キャッチフレーズを「鉄の女」と決める前に、佐々木は念のため「鉄」を調べてみた。鉄は、鉄（Fe）と炭素（C）からできている。炭素は〇・〇二％未満と決まっている。鉄は、炭素が少なく、鉄の純度が高ければ高いほど脆《もろ》い、という性質がある。酸化しやすく、柔軟性もなく、使い道がない。鉄は思いのほか弱いのだ。しかし、炭素の割合を増やすと、鉄は鋼《はがね》と名を変え、強度が増す。粘り強くなり、加工もしやすくなる。

宇野勝子はお嬢さん育ちで、純度が高い鉄そのものだ。強く見えるが脆い。自分が炭素となって、弱さを補い、二人三脚で鋼の政治をするのだ。

佐々木は決意を新たにした。

反対する古井とカエを無視して、自宅兼事務所の土地建物を担保に森林を購入する手続きを強行した。森林所有者に事情を説明して坪単価を抑えてもらったが、全部で十一万千九百二十五坪。生涯かけても返すのが困難な借金を勝子はひとりで背負うことになった。

彼女のこの行動を報道機関にリークしたら、みな飛びついた。

「私財を投じて花粉を一掃する女政治家の鉄の決意」とデカデカと報じられた。

ドキュメンタリー番組のオファーも来た。『鉄の女　宇野勝子』というタイトルだ。自己利益やお友達利益に走る政治家にうんざりしていた国民は、快哉《かいさい》を叫んだ。

佐々木の目論見《もくろみ》通り、支援者が急増した。「宇野カツを応援する会」や「鉄の女とともにがんばる会」などなど、あちこちで集団を作り、かなりの盛り上がりを見せている。もはや「宇野勝三の娘」ではない。ひとりの女政治家として堂々、認知されることとなった。

林業に携わる人々も注目し、「ぜひ宇野先生の試みに参加したい」と集まった。

「ボランティアでやってくれそうです」と佐々木は喜んだが、勝子は「林業ボランティアは否」とはねつけた。「伐採作業にはすべて賃金を支払う」というのだ。

佐々木は頭を抱えたが、勝子はマスコミの取材にこう答え続けた。

「国策の不備により、林業に携わるみなさんにはたいへんご苦労をおかけしました」

「わたしは政治家の父から地盤を受け継いだ二世議員です。スタートで大きな得をしています。今回の試みでリスクを負うのは、わたしひとりであるべきです」

「もえぎ村杉林伐採計画には林業のみなさんの力が不可欠です。ボランティアではなく、仕事として発注しますので、どうかご協力お願いいたします」

「儲かる林業を目指します」

「花粉症対策を林業復活へつなげなければ、政治とは言えません」

勝子の捨て身の訴えは大衆に受けた。

佐々木は勝子を見直した。

佐々木が用意した原稿よりも、勝子の生の言葉のほうが、人の心を打つのだ。

「ボスに賭けてよかった」と自宅でコンビニ飯を食いながら親友に言うと、「賭けてたっけ？　いつでも逃げ出す準備をしてたでしょ」と、親友はつぶらな瞳で可笑《おか》しそうにこちらを見つめるのだった。

佐々木は炭素だ。勝子ほどピュアではない。

事故さえ起こさずに杉をそこそこ伐り倒せば、実証実験をまたずとも、勝子は次の選挙で桃川いずみに勝ち、議席を温存するだろう。すでに好感度は爆発的に上がっており、民自党も勝子に目をつけた。桃川いずみから乗り換えようとして、「次の選挙では民自党推薦として立候補しないか」という話も持ちかけられた。

しかし今は、与党寄りという姿勢を有権者に見せてはいけない。お友達利益に走る組織とお友達だと思われたら、損しかない。与党との関係は慎重にするべきだと、古井たちも同意見だ。媚《こび》を売らないほうが、大臣への道が拓けると、古井たちは経験で知っているのだ。

政党に属さずに大臣になるという神業を宇野勝三はやってのけた。当時は国家の度量が大きかったのだ。今は経済も国家も縮こまっている。そんな中、古井たちは、勝子を国会議員の末席にい続けさせられれば御の字と思っているようだ。

が、佐々木は違う。無所属かつ女性の内閣総理大臣。今回の「宇野カツフィーバー」で、大望はまぼろしではなくなった。

力強くブレーキを踏む。

もえぎ村に着いた。いよいよ本日、伐採が始まる。

ドアを開け、山道に降り立った時、「がんばれよ」という親友のエールが聞こえたような気がした。

報道陣が多数詰め掛けており、古井やカエの姿もある。作業員が三人、チェーンソーを抱えてスタンバイしている。記念すべき伐採一本目をテレビ中継することになったのだ。本日は一本の伐採だけで、あとは勝子のインタビューや村の人々の声などを拾う。ゴールデンタイムのニュースで繰り返し放送される予定である。

マスコミ対策は佐々木がすべて行った。花粉一掃キャンペーンは受けが良かった。思想信条に拘《かか》わらず、マスコミ全体で盛り上がりを見せている。報道もわかりやすさが大好きだ。

「おはようございます」

佐々木は報道陣に挨拶をすると、古井に尋ねた。

「先生は？」

「あちらです」

見ると、もえぎ村役場のワゴン車の側にヘルメットをかぶった宇野勝子がいた。同じくヘルメットをかぶった恩田村長となにやら深刻そうに話し込んでいる。

ワゴン車の屋根の上には村役場にいた王のようなたたずまいの猫がいる。勝子の晴れ舞台に王もおでましとは、心強い。

佐々木はふたりに近づき「おはようございます」と声をかけた。

「おはよう」と勝子は言った。

恩田は挨拶もそこそこにワゴン車からヘルメットを出し、「かぶってください」と佐々木に差し出す。

「わたしは結構です」と佐々木は言った。

「決まりなの」と勝子は言う。

佐々木は今朝念入りにセットした髪が崩れるのが嫌なのだ。テレビに映るのを意識してキメてきたのだ。

恩田はいつになくけわしい顔で言う。

「報道陣にもかぶってもらいます。ひとりも負傷者を出したくないので」

佐々木はしかたなく受け取ったが、脇に抱えた。かぶるもんか。発破をかけるわけでもないのに。

ヘルメットをかぶった恩田は相変わらず男前である。格好よさを損なうどころか、

「マシマシじゃないか」と、僻《ひが》みがヘドロのように胸に渦巻き、佐々木は苦しくなった。

勝子は困り果てた顔で、佐々木にささやく。

「村の人々の声は拾えそうにないって」

「どうしてですか？」

「やはりみな、山の神を恐れているのです」と恩田が言った。

「恐れているという語弊がありますが、村では山の神の考えが基準ですので、そのものさしに合っているか不安なのです」

「村長が説得してくれてもよかったじゃないですか」

佐々木は僻みもあって、不満をぶつけた。

「今日は宇野先生にとって大事な日だと、わかっていますよね？」

恩田は精悍《せいかん》な顔を曇らせた。

「わたしは村民です。気持ちとしては、みなと同じです」

「村長も伐採に反対なんですか？」

「反対ではありません。ただ、山の神の意見を聞いてからにしたかったのです。とにかく、三十七ヘクタールの伐採は環境にとって大きな変化です。変化の速度が速すぎて気持ちがついてゆけません」

それでは選挙に間に合わない、と佐々木は思った。

「三十七ヘクタールの土地所有者である宇野先生だって立派な村民ですよ」と言ってみる。

「でも、住民票は移してらっしゃらない」と恩田は言う。

「宇野先生は新宿区民です。もちろん、森林所有者として、尊重させていただいております。わたしは村長であり、行政側の人間です。宇野先生が自分の森林を伐採することに法的矛盾はありませんので、止めることはできません。その後の土地開発については、期待している部分もあります。近くに高校がないため、子どもたちは中学を卒業すると、村を出て行かなければなりません。全寮制の高校へ入ったり、親戚の家に居候しながら都心の高校に通うしかないのです。もし土地開発がうまくいけば、高校を創設できるかもしれない。高校創設はわたしの夢です。ここで生まれた子どもたちが、地元の高校で学べるという夢です」

勝子は恩田を見上げた。

「村長も高校の時に家を出たの？」

「はい。親戚の家から都立高校へ通わせてもらいました」

「都立のどこですか？」と佐々木は尋ねた。

「日比谷《ひびや》高校です」

「えっ」佐々木は驚いた。

日比谷高校って、トップランクではないか！　毎年東大や京大に多くの合格者を出しているエリート校だ。

「大学は？」と、佐々木は尋ねた。

恩田は、なぜ今自分の学歴を問われるのだと、不審そうな顔をした。たしかにそれどころではなく、伐採時間が迫っているのだが、佐々木は尋ねずにはいられない。

「高三の時に公務員試験を受けて、村役場に入りました」と恩田は言った。

佐々木は衝撃を受けた。エリート校から村役場へ入る選択肢なんてあるのか？

「役場に入ってから通信で大学教育を受けました」

苦学生だ。佐々木は心の中で「畜生」と毒づいた。外見も内側もかっこよすぎる。

「本日は村民の声を拾っていただいてもかまいませんが、伐採を不安視する声もあることをご承知おきください」

「恩ちゃーん」

離れたところから、黄色い声が聞こえた。見ると、先日会ったセーラー服の中学生たちが、木の間からこちらに手を振っている。

恩田は顔色を変えた。

「君たち、学校の時間じゃないか！」と厳しい声で叱り、近づきながら「危険だからすぐに学校へ行きなさい」と言った。怒った声もかっこいい、と佐々木は思う。

「宇野カツ、がんばってねー」

少女たちは黄色い声で叫びながら、走り去った。

「村長はああ言ってますけど、みんな喜んでるじゃないですか」

佐々木は不安げな勝子を励ます。

「村が注目されて、経済も回って、豊かになるんですから。高校ができればあの子たちだって村にいられる。結果的にこの村のためになるのです」

「そうよね」と勝子は自分に言い聞かせるようにつぶやく。

「時間です！」と古井が叫んだ。

作業員が大きなチェーンソーを抱えて、一本のまっすぐな杉の根元に近づいた。

杉には地面から二メートルほど上に縄がかけられている。まずは倒す方向に刃を入れ、三十度の角度の受け口を作る。幹の直径の三分の一ほどだ。そして反対側には刃を真横に入れ、追い口を作る。最後に縄を受け口側に引っ張り、木を倒すのである。

佐々木は事前にすべての工程を林業者とともに確認した。倒す方向は綿密に計算し、ほかの木にぶつからないよう、そしてもちろん、人にぶつからないよう、留意する。

恩田と佐々木は危険がないか、再度確認しあう。報道陣も安全な場所に移動しカメラを構える。杉はカメラテストで選ばれた。倒す映像にインパクトが充分な高さを持ち、そそり立っている。周囲には多くの杉が映り込み、「花粉症の敵ここにあり」と訴えている。なかなかよい構図だ。

　勝子は杉の前に立ち、マイクを握った。カメラがいっせいに勝子を捉える。

「この杉は樹齢五十年だそうです。杉は高齢なほど花粉の量が増えます。みなさんを苦しめる花粉を一掃し、おだやかな春を迎えられるように、今からこの杉を伐り倒します」

　ワゴン車の屋根の猫が「フーッ」と威嚇するように唸り、佐々木は妙な胸騒ぎがした。

　勝子は演説を続ける。

「この杉の命は消えません。みなさんの家の柱となり、あるいは家具となって、生活の中に生き続けま」

　スピーチは突如中断した。

　勝子はよろめき、口をぱくぱくさせているが、声は聞こえない。

　マイクが消えた！　一瞬にしてマイクが消えたのだ。

　報道陣はざわつき、カメラを再生して確認した。佐々木と恩田も報道陣に駆け寄り、カメラを覗き込む。何やら、シュッと風が吹き、一瞬にしてマイクが消えたように見える。

「スローで再生」と声がかかり、動画がスローモーションで再生された。

記者のひとりがつぶやく。

「猿じゃないか?」

そう、一匹のニホンザルが樹齢五十年の杉から勝子に飛びつき、マイクを奪い、勝子のみぞおちを蹴って杉に戻ると、するするとかけ登り、杉から杉へと飛び移って、消えた。

恩田がつぶやく。

「マリだ」

「お嬢様、しっかり!」

カエの悲鳴が聞こえ、佐々木は振り返った。

勝子は腰を抜かして座り込んでいた。伐るはずだった杉を背もたれにして、放心状態。そばにカエと古井が寄り添っている。

勝子は何か白いものを握りしめている。古井は勝子の指を一本一本やさしく開いて、それを手にした。

「手紙のようです」

佐々木は走り寄り、受け取った。巻物である。ニホンザルはマイクと引き換えに、これを渡したのだ。開くと、迫力のある黒々とした墨文字があった。

「杉を学べ　森林蔵」としたためてある。

「きゃー」と黄色い声が聞こえた。

「もりりんだあ！」

学校へ行ったはずの女子中学生たちが、上を見ながら歓声を上げている。

杉林の杉が、一本、また一本と揺れている。目を凝らすと、まるでむささびのように木から木へ自在に移り渡る小さな影があった。

カメラが一斉にそれをとらえる。

なんだ、あれは？

佐々木は血の気が引いた。むささびが消えたあと、やっとの思いで恩田に尋ねた。

「あれが森林蔵ですか」

恩田は低い声で「呼び捨てはおやめください」と言った。

「森林蔵さんと、相棒のマリです」

第四章　もりりんに会いたい

大福亜子はナイス結婚相談所の七番室でプラチナ会員と向き合っている。

会員は女性で、流行《はや》りのグレーヘアを顎のラインで上品にカールさせている。パールの入った粉おしろい、ツヤ感のあるローズピンクのルージュ、シックなモスピンクのネイル。バッグはセリーヌ。結婚歴三回の六十二歳、名前は乃里子《のりこ》シュバリエ。圧倒的なセレブ感に亜子は気圧《けお》されそうになる。

一年前のことだ。『ナイ所バナシ』という謎のサイトが話題になった。ナイス結婚相談所の口コミサイトで、会員が「無事結婚できた」とか、「サービスがいまいち」などと情報を寄せ、婚活中の男女が「会員になってみよう」とか「ほかを当たろう」

と参考にしていたらしい。そこで最も話題になっていたのが、「ナイ所のラッキーセブン」。つまり、七番室の相談員は成婚率が高い、という情報だ。セブンの人気は肥大化し、大福亜子を「福の神」と崇《あが》め、「担当してもらえなくても、廊下ですれ違っただけで縁に恵まれる」などと都市伝説めいた噂まで流れ、独立を求める声が上がった。

当の亜子はサイトの存在を知らず、ただひたすら目の前の会員の幸福を願い、プライベートでは百瀬とのゴールインを夢見ていた。

SNSをチェックしていた広報スタッフの指摘でこのサイトの存在を知った社長は、いきなりコメント欄に参入。

「社長の内須《うちす》でございます。みなさまのご意見を謹んで拝読しました。今後反省すべきは反省し、ますますのサービス向上をはかってゆく所存でございます。みなさまのご健勝をお祈り申し上げるとともに、今後ともご指導ご鞭撻《べんたつ》のほどよろしくお願いいたします」と書き込んでしまった。

数分後、サイトは閉鎖された。社長は「あれっ」と驚き、スタッフを呼んで「サイトが煙のように消えた」と騒いだが、あとの祭りであった。

口コミサイトは宣伝効果がある。多少の悪口を含んでいても、ないよりはマシなのだ。そしてSNSには暗黙のルールがある。閲覧者が自由に意見交換できるよう、当事者は見て見ぬふりをするのがエチケットだ。社長のスタンドプレーにより、せっかくのサイトが消えてしまった。広報部はがっかりしたが、口コミ内容は保存してあった。役員が協議し、大福亜子の人気を活用すべく、プラチナアドバイザーという称号を与え、七番室をプラチナ会員専用にしたのだ。

そういうわけで、亜子の目の前には乃里子シュバリエ。三度のドタキャンの末、ようやく現れた。

「なかなか来られなくてごめんなさいね」

「お会いしたかったです」と亜子は微笑む。

初日に「人に勧められてしかたなく」とか「結婚を強く望んでいるわけではない」と発言する会員は多い。相談所にくることを恥じているのだ。

百瀬太郎は違っていた。

「わたしは結婚したいのです。女性とおつきあいしたことがないので、どうしたらよいかわかりません。どうぞよろしくお願いします」と頭を下げた。清々しさの極みであった。

人生のパートナー探しに真剣に取り組むのは恥じることではないし、プロの手を借りるのは堅実な選択だと亜子は思う。なにしろ亜子は結婚相談所の職員であるから、恥じられてしまうのは悲しい。

ただ、映画やドラマ、小説や漫画もすべて、恋愛至上主義なのは確かで、それはシェイクスピアの時代からそうであり、結婚相談所を舞台にした物語は亜子の知る限り皆無。ともすると結婚相談所は「もてない人間の救済所」と見られがちな日陰の存在であり、門をくぐるのを躊躇する気持ちは理解できる。

勇気を出してくぐってきた人たちのかじかんだ心をあたためて溶かしたい、と亜子は思う。それにはまず、話を聞くのが肝心だ。

乃里子シュバリエは言う。

「さっきまでお友達とホテルでお茶をしてたんですけど、退屈であくびがでちゃった。でもこの歳で今から仕事に精を出すのもなんだかねえ」

「以前はどのようなお仕事をなさっていましたか？」

会員登録時に提出してもらった履歴はもちろん頭に入っている。しかしあらためて本人の口から話してもらうことにしている。

「父は代議士でしたの」

ほら、履歴にないプロフィールがさっそく出てきた。

「女子大に通っている頃、お見合いの話がいくつかありました」

「お綺麗ですものね」

綺麗と言われることには飽きているのか、うれしそうな顔もしない。

「写真も見ずにすべてお断りしました。母が父を支えるためだけに生きているのを見てきたものですから、結婚にはうんざりしていたのです」

うんざりしていたのに三度も結婚したのだ。

「政治家の娘ですからね、見合いの話はどうせ政略結婚です。縁談では父を立て、家庭に入ったら夫を立てて、夫が仕事で成功したらそれが妻の勲章になる世界。わたしは嫌。自立したかった。だから就職したんです。航空会社に」

「キャビンアテンダントですか？」

乃里子シュバリエはこっくりとうなずく。

「子どもの頃から語学を学んでいたのでね、英語とフランス語ができたので、国際線に乗りました」

「素敵です！　フライトの空き時間って自由に過ごせるんですか？」

「ええ、ある程度はね」

「どの街が一番素敵でしたか？」

「そうねえ……ニースの海の色はすばらしかったわ」

乃里子はため息をついた。

「でもねえ、フライトは飽きちゃった。最初は楽しかったんですよ。なにせうちでは料理は家政婦がやっていて、配膳からなにから人任せだったでしょう？　エプロンなんてお料理教室でしか着けたことのなかったわたしが、人様に飲み物をサービスしたり、片付けたりって、物珍しくてね。でもそれって、結局家庭で女がやることと同じなんですよ。家族のために生きることを拒否して見合いをしなかったのに、わずかばかりのお給料のために、他人にサービスするんですよ」

亜子は唖然《あぜん》とした。代議士のお嬢様だから、キャビンアテンダントの給料を「わずかばかり」に感じるのだ。ここの給料を知ったら卒倒するだろう、と亜子は思う。

「キャビンアテンダントって、モテそうですね」

「殿方は制服がお好きよね。ファーストクラスのお客様からデートに誘われることがよくあったのですけど、その中に日本の商社マンがいて、あなたにお見合いを申し込んで断られた過去がありますと言われました」

「まあ！」

「ほかの男に取られてなくてほっとした、あらためてプロポーズしますと言われて」

「ロマンチックですね」

「仕事に飽きたタイミングだったので、プロポーズを受けて寿退社したの」

まるで「日が落ちたのでうちに帰る」とでもいうように、さらりと言う。それが正直な気持ちなのだろう。

「おいくつでした？」

「二十五だったかしら。子どもを三人産んで、ママをやってみたの」

「母親業はどうでした？」

「面白かった。この飽きっぽいわたしが、ちっとも飽きない。夢中になったわ」

「へえ」

亜子は驚き、つい子どものような声が出た。昨今、育児を苦役のように語る人が多い。だから「たいへんなもの」と思い込んでいた。こんなに楽しそうに語る人は珍しい。人は見かけによらないものだ。

「夢中になりすぎたかもしれないわね。飽きられちゃった」

「どういうことですか？」

「夫に飽きられたのよ。君は良い母親だ。女に見えないって」

「ひどすぎる！」

亜子はこぶしを握り締めた。その男、殴ってやりたい！　子どもにとって良いおかあさんでいられるって、それだけでもたいへんな、価値あることなのに、ねぎらうどころか、マイナスポイントにするなんて！

「そうかしら？　わたしはね、正直だと思ったの。その頃のわたしはたしかに魅力的じゃなかったわ。子どもの頃はね、父の選挙運動が始まると、母は選挙区に行ってしまうから、わたしはベビーシッターと過ごして、あまりいい記憶がないの。だから自分の子はシッターに任せずにこの手で育ててみたかった。髪振り乱して子どもの口に歯ブラシ突っ込んで磨いて、子どもが寝たら倒れるように寝て、自分のいびきにびっくりして起きて、帰宅した夫におかえりなさいも言わずに肩揉《も》んでちょうだいと頼んだりして」

乃里子シュバリエはくすくすと思い出し笑いをした。

「夫に愛人がいると聞かされて、なるほどそうですかと、別れました」

「傷つきますね」

「それがそうでもなかったの。夫のこと愛してなかったのかしらね」

「お子さんは？」

「息子たちは全員わたしがもらいました。手をかけたわたしにもらう権利があると思ったの」

「慰謝料や養育費はしっかり払わせましたよね？」

「いいえ。だってわたしのほうがお金を持っているんですもの。家を出るとき父がある程度の資産を持たせてくれたんです。お金のことを話し合ったら、財産分与でこちらが払う方が多くなってしまう。それはちょっとシャクでしょう？」

「シャクですよ」

「だからお金のやりとりはなしってことですっぱり別れて、息子たちとニースに渡ったの」

「おいくつでした？」

「わたしは三十五。息子たちは八歳と六歳と三歳」

お金があるとは言え、三人の子と海外暮らしだなんて、怖くなかったのだろうか。

「ニースにお知り合いがいたとか？」

「いいえ、さっき言いましたでしょ。海の色が好きだからです。人生一度きりですもの、好みの景色の中で暮らしたいでしょう？」

亜子は自分が住んでいるぼろアパートを思い、悲しくなった。好きな人がいるアパートとは言え、好みの景色ではない。だんじて、ない！

百瀬のことを愛しているが、ニースという響きに、乙女心が揺れた。乃里子シュバリエの話を聞いていると、人生には無数の選択肢があると思えてくる。

「言葉も通じるし、なんとかなると、とりあえず行ってみたのだけど」

「はい」

「わたしが得られたのは短期滞在ビザ。このビザだと仕事はできないし、一年しかいられないの」

「そうなんですか」

「お金はあるけどまだ若いでしょ、久しぶりに働きたいし、子どもを学校へ行かせたい。でも短期滞在ビザが足かせとなった。そこでね、結婚しようと思ったの」

「はあ？」

「結婚すると十年許可証が手に入りやすいのよ。それがあれば仕事もできるの」

「はあ……」

「滞在していたホテルの支配人に頼んでみたら」

「いいひとを紹介して貰ったんですか？」

「よければわたしがと、支配人が言ってくれて」

「え？」

「高齢でね、おくさまはもうお亡くなりになっていて」

「高齢って」

「八十二」

「は……に……それが……シュバリエさん……ですか」

「いいえ」

親切なホテル支配人のデュベルジェさんと結婚して、乃里子デュベルジェとなり、無事、十年許可証を手に入れることができたという。

「周囲から反対されませんでしたか？」

「フランスでは配偶者に財産を相続する権利がないのよ。だから身内からの反対ってあまり聞かないわ。高齢者も自由に結婚できるの。さすが恋の国フランスね。わたしの場合は恋ではないけど」

アパートを借りることができ、子どもを学校へ入れることができて、画廊で仕事も得た。デュベルジェさんとはたまに会って食事をする程度で、一緒に住んだことがないまま、お亡くなりになったという。

「十年許可証は文字通り十年経つと更新しなければいけません。その手続きもかなり面倒なの。審査が複雑で、揃《そろ》えなきゃいけない書類が多い。やはり結婚していると有利よね。更新手続きの直前に、画廊のオーナーが結婚してもいいよと言ってくれて、三度目の結婚をしました」

「シュバリエさん」

「ええ、素敵な人でした」

「恋愛感情は？」

「恋愛というより、敬愛かしらね。なにしろ彼も高齢で、施設で暮らしていたんです。時々面会に行って絵の話をしましたよ」

無事更新を終え、しばらくすると彼も亡くなり、また十年許可証の更新時期が来た。乃里子シュバリエは五十五歳になり、子どもたちはすっかりフランスに馴染み、独立して暮らしている。

二十年も住んでいるのだから永住権がもらえても良さそうなものだが、夫がふたりとも死別というのがネックになり、手続きに時間がかかった。何度も足を運ばなければならない上、毎回何時間も待たされる。そこで、日本に戻る決意をしたという。

「許可証を求められる人生に嫌気がさしたの。海もさすがに見飽きましたしね。で、実家に戻ることにしたのです。父も母もすでに亡くなっていましたし、わたしをしばるものは何もありません」

「日本での暮らしはいかがですか」

「街がすっかり変わってしまい、知り合いも歳を取ってしまっていて、なんだか浦島太郎みたいな気分でした。自由を求めて生きてきて、すっかり自由になったら、急に糸の切れた凧《たこ》みたいな気持ちになってしまった。これがわたしが求めていた自由なのかしらって」

「わかるような気がします」

「そこで、せっせと予定を入れました。観劇やお稽古事を増やして、お友達も増やして。でも、埋められないんですよ、ぽっかり穴があいたみたいに。お友達とお茶をしても、こう、うずうずしちゃうんです。これじゃない、もっと何かしたいって」

「そこで、うちに登録したんですね」

「ええ、婚活でもして時間を潰そうと思ったんですの。本気じゃないから何度か土壇場でキャンセルしてしまいました」

「なるほど」

結婚への本気度は薄そうだが、ひょいと結婚してしまうフットワークの良さも感じる。可能性を秘めた会員だと亜子は受け止めた。

乃里子シュバリエは目を輝かせて、「でも今は本気よ」と言い出した。

セリーヌのバッグから折りたたんだ紙を出した。大手旅行会社のチラシで、『日帰りバスツアー　もりりんに会いたい』と書いてある。

早朝、新宿発のバスに乗り、多摩の山へ行くプランだ。

その山には山の神と呼ばれる「もりりん」が住んでおり、木と木の間をむささびのように移動するという。しかし、滅多に人前には出てこないらしい。

「ツアー中にもりりんを目撃した人には幸運が訪れます」と書いてある。婚活中の人は縁に恵まれるし、受験生は合格できるのだそうだ。

ツアー料金はナイス結婚相談所の入会金よりもずっと安い。もりりん目撃のご利益で結婚できたら、結婚相談所なんて潰れてしまう、と亜子は思った。

とってもあやしいツアーだが、リーズナブルな値段だし、神社巡りや御朱印集めと似たようなものだろうと亜子は理解した。

「このもりりんって、鳥ですか、猿ですか」

「人間よ」と乃里子シュバリエは言う。

「わたしね、久しぶりに息子たちに会おうと、欧州の船旅を旅行会社に予約しに行って、このチラシが目に入ったんです。わたしは今まで海にばかりロマンを求めていました。そういえば山には縁がなかったと気づいて、興味を持ったんです。日帰りですし、バスでかなり上まで登れるので、登山初心者でも大丈夫と言われて、申し込んだんですの」

「申し込んだんですか」

「もう行ってきました」

さすが結婚歴三回。フットワークがいい。

「参加者は若い人のグループが多かったけれど、四十代、五十代のおひとりさまもちらほらいました。最高齢はわたしでした」

乃里子シュバリエはくすりと笑った。

「山っていいですわね。杉がこうまっすぐに生えていて、胸がすーっとしました」

「ツアーで出会いがありましたか？」

「参加者は女性ばかりで、わいわい楽しく登りました。若い子たちからもりりんの情報をたくさんもらいました。ツアーは五回目だという子もいたわ。もりりんを見に来たのか、おしゃべりに来たのかわからなくなるくらい、楽しかったですわ。お稽古事の帰りのお茶よりもずっと盛り上がりました。でも山ですからね、昼下がりにはもう下り始めるんです」

乃里子シュバリエはうれしそうに、セリーヌのバッグにつけてあるストラップをはずして、見せてくれた。

「参加者全員がもらえるんです」

藍色の頭巾をかぶった忍者風のフィギュアだ。こんな子どもだましのようなフィギュアを高級バッグにぶらさげてしまう乃里子シュバリエがいじらしく、亜子は「なんとかいいご縁を結んであげたい」と思うのだった。

乃里子シュバリエは言った。

「見たんです」

「は？」

「こう、山の上のほうの杉林の間を飛び移る藍色の影が見えたんです」

「ええっ」

「叫びました。いたーって。若い子たちがどこどこって騒然としたので、指をさしました。人に指をさしてはいけませんと習いましたけれども、しかたありませんでしょ」

亜子は「旅行会社のヤラセではないか」と思ったが、次の言葉に驚いた。

「ガイドの女性が興奮して、どこどこってわたしの腕をつかんで揺さぶるんです。ツアーで目撃されたことがないらしくて」

「それで？」

乃里子シュバリエは得意そうである。

「かわいそうに、肉眼で見えたのはわたしと五十代の女性だけです。老眼の勝利ですわ。若い子たちはあわてて双眼鏡を覗き込んで一生懸命探していましたよ」

乃里子シュバリエはいったん目を伏せた。自前のまつ毛が綺麗にカールしている。美しい人だ、と亜子はあらためて思う。

乃里子シュバリエはおもむろに顔を上げた。

「恋に落ちました」

「え？」

「ドキドキが止まらない。これは恋だと思います」

亜子は、話の流れのどこに出会いがあったのかわからない。

「どなたに？」

「もりりんです」

「会えたのですか？」

「先ほど申しましたように、遠くの杉と杉の間を飛ぶ姿を見たのです。一瞬のことで、お顔までは見えませんでしたが、胸が高鳴りました。すごいドキドキでした。若い子から教えてもらった言葉で表すと、超ドキドキ、ですわ。超絶ドキドキ、でしたっけ。あの鼓動は恋です。間違いありません。初めての恋です」

酸素の薄い山の上で興奮したから心拍数が上がったのではないかと思ったが、亜子は口に出さなかった。還暦を過ぎた女性が「初めての恋」をしたのだ。恋を知らずに三度も結婚し、三人の子を育て上げた。その半生を思うと、同じ女としてせつなくなる。

「良かったですね」と心から言った。

「というわけですの」と乃里子シュバリエは言った。

亜子はとまどう。話がどう着地したのかわからない。

「というわけ、と言いますと？」

「もりりんとの縁を取り持ってください」

「えっ」

乃里子シュバリエは頬を染め、にっこりと笑った。

「名前は森林蔵さん。年齢は知らない。住所もわからない。個人的にアプローチするのは難しいみたい。結婚相談所の会員になっておいて良かった。あなたにお任せするわ。お会いする場を設けてちょうだい。よろしくお願いしますね」

では、と言って、チラシを置いて立ち上がった。

「急いでちょうだい。掘り出し物だから」

そう言い捨て、出て行った。

亜子は開いた口が塞がらなかった。


「猫猫猫、オウム、猫猫猫、赤ちゃん、猫猫猫、カメレオン、猫猫猫、骨」

「なんの呪文ですか、七重さん」と野呂が声を掛ける。

百瀬法律事務所で猫トイレの掃除をしながらぶつぶつ唱える七重は、野呂を無視して「猫猫猫オウム」を続けた。

とうとう野呂は大きな声を出す。

「やめてください。気持ち悪いです。誰かを呪っているみたいで」

「ああ、もう！」

七重は立ち上がり、野呂を睨んだ。

「覚えられないじゃないですか」

「覚える？」

「記憶術ですよ。呪いじゃありません。わたしはほれ、マネ、マネ、マネヨーズが」

「マヨネーズですね」

「そうそれですよ。マネヨーズが」

「マヨネーズがうまく言えないんですよね」

「ええ、ですからね、記憶サークルに入ったんです」

「記憶サークル？」

「月二回町内会の有志で集会所に集まって、記憶力を磨く訓練をしているのです」

「それは興味深い。脳科学の専門家でも呼ぶのですか？」

「町内会ですからお金はかけません。お茶代二百円が参加費ですからね。みんなで知恵をしぼって、どうしたら正しく記憶できて、忘れないでいられるか、意見を出し合うんです」

「記憶に自信がない人間が集まって良い意見が出るものですかね？」

野呂は疑問を呈したが、七重は聞いてはいない。

「良い案があると、次の集会までに全員が試してみるんです。今回はね、とにかく口に出して唱えてみるっていう案なんです」

パソコンに向かっていた正水直が発言した。

「英単語や年号を覚える時、たしかにわたしも口に出します」

直は時々こうして百瀬法律事務所のパソコン業務を請け負い、時給をもらってい る。

「受験生と同じ方法っていうのは、心強いじゃありませんか」

七重は嬉しそうだ。

「みんなに教えてあげなくちゃ。と思っても、次の集会で言うのを忘れちゃうかもし れない」

七重はためいきをつく。

「歳をとるって、驚きの連続ですよ。老化は誰しも初めての経験ですからね。新宿区ではね、百歳になると区長さんがやってきて、お祝い金を手渡ししてくれるんですよ。その日を楽しみにしているんです。その時に区長さんからあなたの人生はいかがでしたかと尋ねられて、過去を振り返った時に、何も思い出せなかったら寂しいじゃないですか。忘れたくないものは、ここにね、残しておきたいんです」

七重はこめかみを人差し指で押した。

野呂は「百歳まで生きるつもりなんだ」と感心した。

七重が百歳になるのは半世紀も先のことで、行政も変わっているだろうし、百歳超えはザラになり、祝い金制度どころか、「百歳を超えたら長寿税を納めよ」てなことになっているかもしれない。「七重さんは呑気だなあ」と野呂は思う。「日本女性の平均寿命は八十七歳、男性は八十一歳と、六年も女性の方が長い。「日本の女性は虐げられている」とよく言われるが、女性の方が生きやすい国なのではないか、と野呂は内心思っている。口に出すとフルボッコにされるだろうから言わない。

「猫とかオウムとかって何の記憶なんですか」と直は尋ねた。

「猫、オウム、赤ちゃん、カメレオン、骨。全部百瀬先生が事務所に持ち帰ったあずかりものですよ。わたしはね、弁護士事務所に勤めた過去を誇りに、胸を張って隠居生活を送るつもりです。ボスは貧乏でおひとよしで、いつまでたってもハラハラさせられますけど、苦労も過去になれば勲章ですよ」

七重は棚の上に置いてある覆い袋に包まれた骨壺に目をやる。

「この子はね、ごはんは食べない、糞もしませんし、噛みつきもしませんよ。たしかに手はかかりません。でもね、遺骨を引き受けるのはどうかと思います」

小高トモエが以前飼っていた犬の遺骨を百瀬は今も本人に渡せずにいるのだ。

百瀬法律事務所で寿命を迎えた猫は複数いる。亡くなると百瀬が付き添い、動物霊園で火葬してもらう。火葬は方法を選ぶことができ、ほかのペットと一緒に火入れして合祀《ごうし》してもらう合同葬と、単独で火入れする個別葬があり、百瀬ははじめなんの躊躇もなく合同葬にしてもらったら、七重がかんかんに怒ったので、以後、個別葬で、遺骨は持ち帰るようにしている。

四十九日のあいだ遺骨は事務所に置かれる。線香をあげたり、お水をあげたりして、骨に手を合わせるのは七重だけで、野呂も百瀬も遺骨にはいたってクールだ。四十九日を過ぎると霊園で合祀してもらう流れになっている。

遺骨に優しい七重も、生前の姿を知らない骨にはさすがに困惑している。

「直ちゃん、小高トモエさんは遺骨について何と言ってるの？」

「百瀬先生の判断で、遺骨は見せてないし、あずかっていることも伝えていません。小高さんは、犬を飼うのは初めてだとおっしゃっていて、嘘をついているようには見えないんですよ。ショックで記憶を失《な》くしている可能性があるから、思い出すまでそっとしておこうと、百瀬先生に言われました」

「いくらショックでも、生き物と暮らせば死はセットでくっついてくるものですよ」

「交通事故だったんです。寿命や病気で亡くなるのと違って、いきなりの別れですから、受け入れがたいんじゃないかと、百瀬先生が」

「正水さん、その話は」と野呂が止めたが、遅かった。

七重は骨壺を見て涙ぐむ。

「このワンちゃん、交通事故ですか。先生ったら何も言わないものだから」

七重は立ち上がり、キッチンの戸棚をバタバタ開けたり閉めたりし、線香を見つけると、遺骨の前に立て、手を合わせた。事務所内はしーんとした。

野呂は直にささやく。

「七重さん、交通事故で三男を亡くされたんです。刺激を与えないように百瀬先生は内緒にしたかったんだと思います」

「ごめんなさい。わたしったら」

「いいんですよ、女性はたくましいんです。ほら」

七重はトイレ掃除を再開し、「猫猫猫オウム」を唱え始めた。

野呂は直に尋ねた。

「千両箱の件、事務手続きは順調ですか」

毎日小高家へ通う直が必要書類を届けたり、記入済みの書類を回収しているのだ。

「はい。小高さんはひとつのミスもなく、字もお綺麗です。半年後までに持ち主が見つからなければ、小高さんの口座に報償金が振り込まれるでしょう」

「千両箱については、何ておっしゃっていますか？」

「庭に千両箱が埋まっていたなんて、日本昔ばなしみたいで、信じられないって、笑っていました。でも、持ち主に戻るのが一番いいことだから、ともおっしゃって。ポチも千両箱も、もといた場所へ戻さなくてはねって」

「そうですか」

「しっかりとしたかたで、記憶が曖昧には思えないんですよ」

野呂は声をひそめた。

「隣の人が嘘をついてるという線はありませんかね」

「どういうことですか？」

「遺骨は小高さんの犬ではなく、とか」

直は首を横に振った。

「おととい、庭の倉庫を開けてみたんです。倉庫って時々風を通さないと中のものがカビるので、小高さんにお断りして、開けてみたのです。そしたら、未開封のドッグフードや使った形跡のある餌入れや首輪がありました。小型犬のものだと思います」

直はパソコンを終了した。

「事故を思い出すのが辛くて、倉庫にしまったんじゃないでしょうか。雨戸も閉めて庭の存在も消してしまった。忘れたいと強く願ったら、本当に忘れちゃったのかも」

「人間は、弱いものですからね」と野呂は言う。

直は首を傾ける。

「小高さんって強いんじゃないかな。強いから、忘れることができた。そんなふうにわたしには思えるんです。あ、生意気言っちゃった。まだわたし人生経験が浅いので、間違ってると思うけど」

野呂は微笑んだ。

「長く生きるとね、つい定番の見方をしてしまうんだ。そのまっさらな感覚、大事にしてくださいね」

直は恥ずかしそうな顔をして、立ち上がった。小高家に行く時間だ。

七重が見送りながら声をかける。

「毎日ご苦労様。犬の散歩って疲れない？」

「歩くの好きなので」

「あ、そうそう、渡すものがあったの」

七重はエプロンのポケットから一枚のチラシを出した。『日帰りバスツアー　もりりんに会いたい』と書いてある。

「なんですか？　これ」

「知らない？　もりりん。今テレビで話題ですよ。うちの選挙区の宇野カツさんが、花粉一掃キャンペーンを打ち出したじゃないですか」

「それは知ってます。支持者が増えて盛り上がってますよね。アパート近くの商店街でも宇野カツさん大人気です。お肉屋さんが宇野カツっていう串カツを販売し始めました」

「どんな串カツ？」

「たまねぎをしとうに替えただけです。ピリリとうまみがあるとか」

「今度買ってきてちょうだい。お昼にみんなで食べましょう。その宇野カツさんのイベントに、突如現れたんですよ。もりりんが。縁起物で、山にいるんですって。チラッとでも目撃すると、願いごとが叶うんですって。今ではもりりんのほうが話題よ。テッシーみたいに」

「テッシー？」

「若い人は知らないかしら。外国のテス湖に恐竜がいるっていう噂があって」

「ネッシーですよ。イギリスのネス湖のネッシーです」

野呂が訂正し、目を輝かせてしゃべる。

「世界最大のミステリーです。未確認生物。日本でも屈斜路湖《くっしゃろこ》のクッシーが話題になりました。未知のものを信じることができた良い時代でしたよ。目撃情報は次々と検証され、捏造《ねつぞう》されたものが多いとわかり、ネッシーもクッシーも仲良く二十世紀に置いていかれました。今は話題にもなりません。でもわたしはね、なにか巨大な生物がいたんじゃないかと、今も思っているんです」

「いるかいないかわからぬものを信じるのは男の常ですね。日本にもいますよね。ツキノコとか」

「ツチノコですね」と野呂は訂正する。七重の、伝わる程度に微妙に間違う技は、一種の才能ではないかと、野呂は感心する。

「あれは獲物を消化中の蛇だと思います。ネッシーはいたけど、ツチノコはいないな」

「ネッシーだってくじらを消化中のサメじゃないですか」と七重は言う。

「湖にはくじらもサメもおりません」

「絶対ですか？」

野呂と七重が言い合いをする中、直はチラシを見て「もりりんは猿かな」と思った。

直は、もりりんよりも「山」に心惹かれた。受験勉強とアルバイトに追われて、実家の甲府に帰っていない。日帰りで近くの山へ行けたら、気分一新できそうだ。

七重はそっと直の肩に手を置く。

「学業成就を願って行って来たら？　ポチの散歩は一日くらい野呂さんがやってくれますよ」

いきなり名指しされた野呂は、「近頃足腰に自信がない」とも言えず、「ええ、もちろん。行きたければ行きなさい」と言うしかなかった。

直と七重は「やったぁ」「ね？」と喜び合っている。

やはり女が生きやすい世なのだと、野呂はしみじみと思う。

いかなる男も女から生まれてきた。女に頭が上がる男などいるはずがない。女の幸せの上に男の安寧があるのだ。男はそれを自覚するべきだ。

「では、今日はこれで失礼します。百瀬先生によろしくお伝えください。そう言えば百瀬先生は、今日はどちらに？」

野呂が答える前に、七重が言った。

「あの、あれ、なんでしたっけ、虹色のトカゲの依頼人から相談があると電話があって、出て行きました。トカゲの骨を持ち帰らないよう、祈るしかありません」

「カメレオンの件ですか？」

「そうそれ、カレメオンの件ですよ」

「カメレオンの件ではないんです」と佐々木学は言った。

百瀬は分厚いレポートを閉じ、「おおよその経緯は理解しました」と言った。

依頼人が運転する車の後部座席で、百瀬はもう一時間半も揺られている。真っ赤な本革シートが落ち着かない。高級車ではあるが、かなり古いもので、乗り心地が良いとは言えない。しかも今は舗装されていない道に入り、体が上下左右に揺れてしまい、耳の奥がくすぐったい。

乗車した時に渡された分厚いレポートは、高速道路を走っている間に読んでしまった。几帳面《きちようめん》な依頼人で、これまでのいきさつを時系列に沿って詳細に記してある。

窓の外にはまっすぐに天に向かう杉が並んでいる。木々の間から差し込む夕日が時々ふいに目に飛び込み、まぶしい。

シェアハウスで隣室の鈴虫を食べてしまったカメレオン。鈴虫の飼い主の強い怒りを受け、慰謝料を払って引っ越したカメレオンの飼い主。そのカメレオンの飼い主から「ご相談があります」と電話があり、待ち合わせ場所を指定された。「新宿アルタ前」と。

依頼人と街頭で待ち合わせるのは珍しいことだ。百瀬は新宿に暮らして長いが、アルタビルの前は通ったこともない。行ってみると、若者がひしめいていた。渋谷のハチ公前同様、待ち合わせの名所のようだ。

いまどきの服装をした若者たちがたむろする中、紺のくたびれたスーツで居心地悪く立っていると、「ダッサ」という声が耳に入った。ひやりとして見ると、若い女の子たちがスマホを覗き込み、「ダッサ」「ウッザ」などとしゃべっている。自分のことではなくてほっとした。

ププッとクラクションが鳴った。黒とワインカラーの派手な車が停《と》まっている。「鬼ヤバ!」「尊い!」「爆イケ!」などと、若い女の子たちが騒ぎ出した。褒めているのか腐しているのか百瀬には理解できない。

トヨタ・クラシックだ。一九九六年に限定販売された国産車で、実際にその車を見るのは初めてだ。古いものが捨てられずに使われていることに、安堵する。ものを作り、捨てては、作る。それがこの国の経済を回しているが、地球に過剰な負担をかけているのは確かだ。人が寿命を全うできるように、ものも寿命を全うできたら、地球と人類の関係も少しはマシになるのではないかと百瀬は常々思っている。だからものとは長く付き合う。地球と人類への壮大なる願いにより、鉛筆はちびるまで使う。服は穴があくまで着る。もちろん、経済的理由も大きい。

若い女の子たちが、スマホで車の写真を撮り始めた。芸能人が乗っているのだろうか。シャッター音がやかましい中、ウインドーが下がり、「百瀬先生、乗って!」と運転席から声をかけられた。

驚いて、車に駆け寄った。

「うわ、ダッサ!」という叫びを背に、おっかなびっくり車に乗り込んだ。今度は正真正銘、自分に向けられた言葉だと承知した。素敵な車が現れたのに、くたびれたおじさんが乗り込んだので、心底がっかりしたのだろう。申し訳ない気持ちだ。

すぐに発車し、しばらくすると首都高に乗った。

「おひさしぶりです」と運転席の男は言った。

「まずはそのレポートにお目通しください」と畳み掛けるように言う。

後部座席には分厚いレポートが置いてあった。そこにはカメレオンの飼い主であり、今、運転席でハンドルを握っている「佐々木学」の記名があった。

レポートには、衆議院議員宇野勝子の花粉一掃キャンペーンの意図や経緯が細かく記載されている。計画では杉の伐採が一割ほど進んでいる頃合だ。宇野勝子のキャンペーンについては新聞にも載ったので百瀬も知っていた。

先月、霞《かすみ》が関《せき》にある弁護士会館の図書室に行ったら、大学のゼミで一緒だった友人にばったり会って、お茶に誘われた。会館のサロンで珈琲《コーヒー》を飲んでいたら、隣の席から高らかな声が聞こえた。宇野勝子の顧問弁護士が仲間に、「宇野さん、動かざること山の如《ごと》しと思っていたら、突然噴火した。参ったねえ。活火山になっちゃって、とうとう山ごもり」と笑いながら語っていた。依頼人への愛がない印象を受け、気になっていた。キャンペーンが滞っているとは知らなかった。

レポートには、一本目の伐採時にニホンザルが妨害したこと、そのニホンザルは伝説の木こりの相棒であること、そして、その木こりが妨害首謀者だと書かれている。ニホンザルはテレビカメラが捉えたが、木こりは捉え損ねた。いまだにしっかりとした画像がなく、未確認生物というわけだ。

その未確認生物が思いがけずネットで話題となった。森林蔵という立派な名前があり、地元では古くから「山の神」として尊ばれていて、地元の子どもたちには「もりりん」と呼ばれているという情報が、あっという間に拡散された。

「いるのは確かだが、目撃するのは難しい」というあやしさが若者の心をつかみ、たちまち人気者となった。マスコミは宇野勝子の「花粉一掃キャンペーン」から、「もりりんを探せ」にいっせいに舵《かじ》を切った。社会的意義よりも視聴率優先である。

だが、山に入って取材を試みるも、なかなか会えず、正体がつかめない。

「もりりんは、出たがりではない」と、人気に拍車がかかった。

目をつけた旅行会社が、『もりりんに会いたい』ツアーを組み、村役場に協力を求めた。村役場はこれを機にオリジナルハーブティーを地場産業として広めようと、旅行会社と提携し、観光課を設けた。「森林浴、ハーブ、もりりん」が観光の目玉だ。ツアーに杉林は必須アイテムとなった。

つまり、杉の伐採がやりにくい状況になってしまったのである。

宇野勝子はすでに私的不動産を担保に三十七ヘクタールの森林を購入している。しかし自分の杉を一本でも切ろうものなら、「もりりんの森を破壊する悪者」となり、無数の有権者を敵に回すことになる。もえぎ村の観光産業の妨害をすることにもなる。

レポートの内容は頭に入った。宇野勝子が困っているのも理解できたが、なぜ自分が呼ばれるのか、百瀬には見当がつかない。

佐々木が住んでいたシェアハウスとは顧問契約を結んでいるが、現在佐々木はシェアハウスの住人ではない。そもそも、カメレオンの飼い主が衆議院議員の政策秘書だとは、知らなかった。

「もうすぐもえぎ村に着きますので」と佐々木は言う。

「パスカルはお元気ですか?」

「元気です」と佐々木は答えた。パスカルとはカメレオンの名前である。佐々木は親友だと言っていた。

「今日はパスカルの件ではなく、宇野先生に会っていただきたくて」

「わたしに何をしろと?」

「選挙は来月です。宇野先生はそろそろ山から降りて選挙区に戻らねばなりませんし、選挙に勝つためには、伐採パフォーマンスが不可欠です。今、もりりんがきていますが」

「もりりんさんが、いらっしゃるんですか」

「いいえ、もりりんブームがきていますが、花粉症対策自体は今も支持されています。伐採には村との交渉、そして法律家の監修が必要です。百瀬先生とは早急に顧問契約を結ばせていただきたいのです」

「顧問弁護士がいらっしゃるでしょう？」

「顧問契約を解除したんです」

「え？」

佐々木はブレーキを踏んだ。

「着きました」

暗い。百瀬はドアを開けようとして、「待って！」と止められた。

「わたしが先に降りて懐中電灯でお足元を照らします。山の夜は暗くて、穴や岩があっても見えないので、気をつけないと」

佐々木は運転席のドアを開け、外へ出た。すぐさまドスッと鈍い音がした。さっそく転んだようだ。

懐中電灯の光を頼りにふたりは並んで歩く。佐々木は話を続けた。

「正直なところ、うちの事務所は今、月額の顧問料を払うのが精一杯です。今回の件は通常の監修とは違うからと、顧問弁護士から着手金や報酬金を要求されて、やむなく契約を解除することに」

「なるほど」

「急なことで、あわてて弁護士を探しましたが次々断られました。そこで思い出したんです。パスカルの件、百瀬先生がすんなりと話をつけてくださったと。シェアハウスのオーナーに聞いたら、百瀬法律事務所は顧問料だけですべてを解決してくださると感謝していましたよ」

百瀬は、七重の怒った顔や野呂の困った顔が頭に浮かんだ。

あのシェアハウスは、ペットと共生できるという新しい試みを導入しており、それを応援する気持ちもあって顧問を引き受けたが、新しい試みにはトラブルがつきもので、しょっちゅう呼び出される。

「顧問料だけではやっていけません」と野呂から言われたばかりだ。

「しかも顧問料はたったの……ああ、口に出すのも恥ずかしい額です。大学生が家庭教師のバイトをする時だってもう少しもらいますよ。顧問料を上げるか、個別に着手金をいただくか、来月からわたしがオーナーと交渉します」と野呂は言っていた。

「着きました」と佐々木が言った。

山道から脇に入った草深い傾斜地に、平屋の日本家屋があった。

明かりが漏れていなければ、廃屋に見えるほど傷んでいる。玄関は広く、スリッパを履くようにうながされた。廊下は幅広で、ミシミシと音を立てる。ちらと見えた台所は土間であった。部屋はいくつもありそうで、ゆとりのある作りだが、襖は赤茶け、とにかく何もかもがうらぶれている。

襖を開けて出迎えた年配の男が「フルイです」と言った時、「たしかに古いですね」と言ってしまい、「第一秘書の古井と申します」と言い直されて、シマッタと思った。

広い和室に通された。


その男を見て、宇野勝子は驚いた。

なんて貧相な男だろう。

佐々木から「東大法学部を首席で卒業した精鋭」と聞いていたが、精鋭には見えない。「強制起訴裁判で国際女スパイを逆転有罪にした敏腕弁護士」とも聞いていたが、敏腕にも見えない。政治家の家に育った勝子は幼い頃より何人もの弁護士を見てきたが、これほど冴《さ》えない風貌の男は初めてだ。

勝子が挨拶もせずにぽかんとしていると、佐々木が言った。

「こちらが宇野勝子先生です」

「はじめまして、百瀬と申します」

男の髪がひらひらと揺れた。

なにしろ髪型が変だ。くせ毛が縦横無尽に散らばっている。華奢《きゃしゃ》な体に学生が就職活動に使うような安物のスーツ。しかしシャツの袖口は汚れておらず、かろうじて清潔だ。靴下は毛玉が目立つ。

唯一、黒ぶちの丸めがねは気に入った。勝子は作家・大江《おおえ》健三郎《けんざぶろう》のファンで、彼と似たようなめがねに好感をもった。めがねの奥の目は澄んでいて、卑しさはない。人としては落ち度がないように見える。弁護士としては、よいものを身につけていないという点で、大きな落ち度である。金回りの良さは腕の良さの証明と考えるのが妥当だ。

ここは花粉症対策本部である。

畳が古すぎて毛羽立っているので、下に座ることはせず、テーブルや椅子を置き、各自スリッパを履いている。築七十年。代々村長が使っていたが、独身の恩田は役場に隣接する職員寮に住んでいるため、ここしばらくは空き家だった。勝子が買い取り、リフォームする間もなく使い始めた。イエダニがいて、みな嚙まれた。奥には和室が三部屋あり、それぞれに古井とカエ、勝子が寝起きしている。

目の前の弁護士のみすぼらしさに驚いたが、彼だって対策本部のみすぼらしさに驚いているだろうと、勝子は思った。

「百瀬先生には車内で経緯をお伝えしました」と佐々木は言った。

第二秘書のカエが「遠いところをすみません」とお茶を出す。

勝子はさっさと済ませたいと思い、「条件はここに書いてあります」と一枚の紙を差し出した。契約書だ。

百瀬は黙ってそれに目を通している。弁護士にしては珍しく、無駄口をたたかない。

勝子は、断られるだろうと思った。

やめてもらった弁護士の顧問料は月額七万であった。長年日弁連の規定により、「弁護士顧問料は五万以上」と決まっていた。その規定が撤廃された今もこの五万は目安になっている。国会議員は法律遵守が原則なので、弁護士にかかる経費を惜しんではいけない、と父の勝三は言っていた。父の時代は顧問料はもっと高かったし、選挙運動など大きな仕事が発生する時は、百万単位で着手金を払っていた。

今回初めて顧問料を大幅に下げて、月額三万という条件にした。しかも、そのほかはいっさい払えないと書いてある。この契約書は佐々木が作った。勝子は気が進まなかったが、ないものは出せない。この条件で引き受ける弁護士はいないと思うし、引き受けたとしても形だけで、頼ることは無理だと承知している。ただ、名前だけでもなくては困るのだ。交渉する際、「弁護士に相談します」と言える状況を作らなければならない。

百瀬は顔を上げた。

「宇野先生は、わたしに何を求めていますか？」

勝子は虚をつかれた。

「求めている？」

「はい」

「そうね、書類にサインをしてもらって、顧問契約を締結したい」

「もえぎ村との交渉は、どなたがやるのですか？」

「わたしと佐々木でやる」

「衆院選の公示日まであとわずかです。宇野先生は選挙区に戻るのではないですか？」

「戻ります。古井とカエさんも一緒に新宿の事務所に戻ります」と勝子は言った。

古井とカエはほっとした顔をした。

「ふたりにはずいぶん長いこと不自由な生活をさせてしまった。古井は腰痛持ちだし、カエさんもリウマチの薬が切れる頃でしょう？　みんなで新宿に拠点を戻し、わたしと佐々木だけが選挙運動の合間にここに通って、村と交渉を続けます」

「交渉は、やはり杉の伐採を進めたいということですか？」

「ええ」

「法的には伐採する権利が宇野先生にはあります」と百瀬は言い、さらに続けた。

「しかし現在もえぎ村はもりりんブームに乗って、観光産業に力を入れ始めているから、ブームが終わるまでは杉林を温存したいと村側は言っているのですね？」

勝子はうなずく。

「そもそも村長は伐採には慎重な姿勢だったの。森林蔵の許可が欲しいというのよ」

「では、森林蔵さんと直接交渉したらどうですか？」

「会いに行ったけど、会えなかったんですよ」

「ええ、それは佐々木さんがまとめてくださったレポートに書いてありました。でも」

百瀬はレポートを見直しながら、言う。

「アプローチは一度だけですよね？」

「ええ、まあ」

「そして森林蔵さんは連絡をくれました。それに返事はしましたか？」

「連絡？」

「このレポートに書いてあります。杉を学べという手紙を貰ったと」

「ああ」

カエが巻物手紙を持ってきて、百瀬に見せた。

「達筆ですね」と、百瀬は感心したように言う。

勝子は「契約書にサインを貰えますか」と言った。さっさと仕事を前へ進めたいのだ。佐々木と古井とカエも息を止めて百瀬の答えを待っている。

百瀬は「どれだけお役に立てるかわかりませんが」と言いながら、胸ポケットから万年筆を出し、さらさらとサインをした。

勝子はほっとするとともに、百瀬の手元に注視した。使い込まれて手入れが行き届いた万年筆。それを握る指の爪は綺麗に整えられ、清潔そのものだ。文字はかなり個性的で、うまいとか下手とかで分類できず、でも誠実そうで、嫌味がない。

文字には人柄が出る、と父が言っていた。だから森林蔵の頑固さは肝に銘じたし、目の前の百瀬の誠実さもわかる。

「顧問になってくれるんですね。この条件で？」

「ほかにも抱えているものがありますので、山の上に常駐はできませんが」

百瀬は万年筆をしまい、顔を上げた。

「宇野先生は杉を学びましたか？」

「え？」

「森林蔵さんの要求は、杉を学べということですよね」

勝子は驚いた。

森林蔵の手紙を要望書だとは思っていなかった。「果たし状」であり、敵対していると解釈していた。佐々木も古井もカエも、意見は一致している。勝子は森林蔵を敵だと思っている。正確に言えば、森林蔵から敵だと思われている、と思っている。大事な伐採パフォーマンスを阻止された。せっかくのキャンペーンの腰を折られた。なにより、猿に蹴られたあのショック！　今も忘れられない。痛くはなかった。でも、驚いた。森林蔵は敵。それ以外考えられない。勝子は土地所有者たちの但し書きにはこだわった。土地所有者たちの意思は法的に有効だから、森林蔵の存在は無視できなかったのだ。しかし今は自分が土地所有者だ。森林蔵になんの権利もない。

百瀬は静かに話す。

「まだ杉を学んでいないのでしたら、資料がないということですね。お気になさらず。わたしが調べますので。それから、みなさんはいつ新宿へ戻られますか？」

勝子は佐々木を見た。

佐々木も面食らっているようで、返しが若干遅れた。

「明日には選挙対策本部を立ち上げますので……宇野先生たちには遅くても明後日《あさって》には移動していただきます」

百瀬は「わかりました」と言った。

「では、わたしは三日後入れ替わりにこちらに参ります。できれば二泊ほどここに泊まりたいのですが、よろしいですか？」

勝子は驚いた。佐々木も古井もカエも、百瀬をじっと見つめたままだ。

百瀬はまっすぐなまなざしでこちらを見ている。

勝子は契約書を見た。すでにサインは貰っている。これは交渉ではなく、もう仕事を進めているのだ。

カエが遠慮がちに「どうぞ」とつぶやいた。

古井はあわてて「好きな部屋を使ってください」と言った。ふたりとも狐《きつね》につままれたような顔をしている。

「泊まって、何をするんです？」と勝子は尋ねた。

「村長さんとお会いしたり、杉を学んだりします。そして、森林蔵さんにもお会いしてみようと思います」

「会うって……」

「二泊三日では無理だと思いますが、何回か通ううちに会えるかもしれません。宇野先生は公示日から選挙結果が出るまで、新宿で選挙運動に専念なさってください。選挙運動中にこちらへ来るのは負担が大きすぎます。村長との交渉はわたしが代行しますので、花粉一掃キャンペーンについては、しばらくわたしのほうで進め、逐一ご報告しますので、花粉一掃を期待している有権者のみなさんには、その旨、正直にお伝えするというのはどうでしょう？　代理で弁護士が進めていると。花粉症に苦しんでいる人たちを救いたいという先生の立派な志はじゅうぶん伝わると思います」

百瀬は言い終わると冷めたお茶を飲み、「うまいですね」と心からおいしそうに言った。

固まっていたカエはハッとして、「もえぎ村のハーブティーです。おかわりいかがですか？」と言った。

「恐縮です」

二杯目もうまそうに飲む百瀬を見て、カエはつぶやく。

「明かりが灯《とも》ったわ」

百瀬は不思議そうに天井の蛍光灯を見上げた。古くて、暗めの照明だ。

手詰まりですっかり暗くなっていた花粉症対策本部に、ぽっと、希望の火が灯ったと、カエは言いたかったのだろうし、勝子も全く同じ気持ちだった。

百瀬はまっすぐに勝子を見た。

「花粉症の人がマスクをせずに春を楽しめるようにという発想は、すばらしいです。春も喜ぶと思います」

「春？」

「ええ、春は最近、花粉やら黄砂やらで、すっかり嫌われ者ですから。昔は春を待ちわびたものですけどね。春が来た春が来たどこに来たと歌うほどに、良いものでした」

百瀬は微笑んだ。

勝子は疑いをもった。目の前の男は、ほんとうに弁護士だろうかと。

「では、今日はこれで」と百瀬は立ち上がった。

勝子は「待って！」と叫び、契約書をつかみ、びりりと裂いた。

「先生！」佐々木が叫んだが、遅かった。

まっぷたつに裂かれた契約書を手に、勝子は言った。

「すぐに契約書を作り直します。顧問料は月額十万。今は着手金が払えませんが、選挙に勝ったあかつきには、成功報酬を払います。お約束します」

それから勝子は佐々木を見た。

「弁護士費用を惜しんではいけないと、父はよく言っていたの。目先の損得ではなく、出会いを大切にしろって、父は言いたかったのよ」

第五章　命がけの縁談

正水直は観光バスの後部座席一番端に座った。発車を待ちながら、ツアーのスケジュール表を眺める。

『日帰りバスツアー　もりりんに会いたい』
＊九時　新宿西口ターミナルよりバス出発
＊十時半　もえぎ村役場着　トイレ休憩
　　　もえぎテラスでハーブティー　村長から歓迎の挨拶
＊十一時　森林浴を楽しみながら緩やかな山道を登る（ガイド同伴）

＊十二時　青岩見晴台《みはらしだい》で昼休憩　もえぎ村特製弁当
　　　　　食後は自由時間（もりりんを見つけたらガイドに報告してください）
＊十四時　青岩見晴台に集合し、下山
＊十五時　もえぎテラスでティータイム　どんぐりクッキー
＊十五時半　バス出発、新宿に着き次第解散

　森林浴という文字に胸が高鳴る。受験勉強から解放され、山の空気を吸える。こんな贅沢《ぜいたく》をしてよいのだろうか、ちょっぴり罪悪感もある。

　甲府で育った。早稲田《わせだ》大学法学部合格の知らせを受け、嬉々《きき》として入学金を払い、上京したが、実際には不合格だった。入学金振り込め詐欺に遭ったのだ。途方に暮れていたところ、大福亜子や百瀬と出会い、騙《だま》し取《と》られた金を取り戻すことができた。今は百瀬の住むアパートの住人となり、受験勉強とアルバイトに明け暮れる日々だ。百瀬のような弁護士になりたい。まずは来春法学部に入らねばならないし、入学後は司法試験に向けてさらに猛勉強の日々が続くだろう。

　直はアパートの管理人もしている。大家代行の春美の指示のもと、空室の掃除や空気の入れ替え、敷地《しきち》内の清掃を任されており、家賃を免除されている。百瀬や亜子が

手伝ってくれるので、負担は軽い。

初めは毎朝三人で食事をしていたが、生活サイクルが異なってきたため、今は別だ。百瀬は出張が増え、ずいぶんと会っていない。百瀬法律事務所でのアルバイトの時は、七重たちとお昼を食べる。七重が重箱にあれこれ詰めてくるので、まるでピクニックのように、野呂たちとにぎやかに食べる。夕食は犬の散歩のあと小高トモエの手料理をいただく。日常は故郷にいた頃よりもはるかににぎやかで、さみしさを感じない。

あたたかい環境で受験勉強ができるだけでも贅沢なことなのに、七重は「息抜きをしなさい」と言ってくれた。幼い頃から景色の端にはいつも山があった。だから今は山に飢えている。久しぶりに森林の中に身を置ける。楽しみだ。

ツアー代は五千円。参考書が三冊買える金額だ。新宿からもえぎ村までの高速料金を含むバス代と弁当代、そして、へんてこなおまけが付いてきた。ゴム製で、子ども騙しのようなフィギュアのストラップだ。こんなおまけは要らないから、もう少し安くしてくれればいいのに、と直は思う。あと三百円は安くなるはずだ。

「もりりんストラップ、メルカリで二千円で売れるらしいよ」

前の席から声がする。

「うそ！」これも前の席だ。

直も嘘だと思った。こんなものを二千円も出して買う人間がいるものかと。

前の席の会話は続く。

「こんな貴重なもの売っちゃうやついるの？」

「信じられなーい」

「バッグに付けちゃお」

おおはしゃぎだ。座席の隙間からそっと覗くと、ピンク色の愛らしいハンドバッグが見えた。登山にハンドバッグ！

直は、参加者のうち若者のほとんどがスカートで、パンプスでの参加者もいることに驚いている。本日の登山道は「小学生の遠足程度」と書いてあるものの、映画を観に行くのとはわけが違う。直はトレーナーにチノパンツ、靴はスニーカーだ。普段の服装だが、このツアーにはこれがベストだと思っている。山の高さからして、登山靴は不要だけど、さすがにパンプスはまずいだろう。

「発車しまーす」

バスガイドの声と同時にエンジン音が鳴り、バスはゆっくりと動き始めた。

「すみません、お隣いいですか？」

ぎりぎりに乗車した人から声を掛けられた。まず目に入ったのは登山靴だ。

「どうぞ」と見上げて、「あっ」と叫び合う。

大福亜子である。

マウンテンパーカーを着込み、ハーフパンツに分厚いタイツを穿き、足元は登山靴。もちろんリュックだし、日よけ帽子も被っている。富士《ふじ》登山に匹敵する完全装備だ。

「亜子さん、今日は会社じゃないんですか」

「直ちゃんこそ、予備校じゃないの」

「亜子さん、その格好。バス間違えてませんか」

「もりりんに会いたいツアーでしょ？」

亜子はリュックを抱いて腰を下ろした。

バスはスピードを上げ、ガイドが「もりりんに会いたいツアーへようこそ」としゃべり始めた。

亜子はささやく。

「こんなところで直ちゃんに会うなんて。うれしいけど意外」

「七重さんに勧められて」

「そっか。直ちゃんがんばりすぎだもの。少しは息抜きしなくちゃね」

バスガイドは本日のスケジュールの説明を終え、もりりんを目撃した場合のご利益を話し始めた。

「縁結び、または合格祈願なども成就すると言われております」

亜子はなるほどとうなずく。

「直ちゃんは学業成就か。がんばってもりりんを目撃しなくちゃね」

「意外なのは亜子さんですよ。婚約しているのに縁結びですか？　たしかに百瀬先生との結婚って、無事を願いたくなりますけど……」

亜子は微笑む。

「そうじゃないの。仕事なのよ。守秘義務があるから詳しくは言えないんだけど」

亜子は直の耳元にささやく。

直は耳を疑った。「もりりんと会員の縁談」と聞こえたが。

亜子はもりりんストラップを掲げた。

「どうしても会いたいのよ、この人に」

「未確認生物ですよ。いるかどうかわからないし、いたとしたって、目撃するのすらたいへんみたいです。それなのに会うつもりですか？」

「しかたないじゃない。電話もメールも通じない相手には直接会いに行くしか」

「会員さんに頼まれたんですか？」

「会員情報は漏らせないの」

直はふうっとため息をつく。

「亜子さんの仕事って、そこまでしなくちゃいけないんですか？」

亜子は「うーん」とうなり、さあねえ、と肩をすくめた。

直は十八年生きて来て、自分をまじめな人間だと思っていた。嘘はつかない。誤魔化すのは嫌いだ。しかし東京に来てから自分を疑い始めた。百瀬にしろ亜子にしろ、仕事への向き合い方が尋常ではない。手を抜かず、楽をしない。周囲が引くほど、のめりこんで働く。まじめとは、こういう人たちを指すのだとしたら、自分は普通なのだと思う。でも自分からまじめを引いたら何も残らない。

亜子は「でもね」と話す。

「仕事だけど、会社には言ってないの。今日は有休をもらって、会社には内緒で動いているの」

亜子は前を見ながら話す。

「会員の願いを叶えるのがわたしの任務。会員の中にはね、すごく個性的で、枠におさまらない人もいるの。そういう人には、会員の枠を超えて、よい縁が結べたらって、前から思っていたのよ。会員同士でのマッチングにこだわらず、可能性を広げたいの。まあ今回は特別というか、できるかどうかわからないけど、一応、トライしてみようと思って」

やはり仕事熱心だ、と直は思う。

「亜子さんは今の会社が第一希望だったんですか？」

亜子は首を横に振る。

「わたしは浪人してるし、有名大学卒でもないの。出版、流通、建設、自動車メーカー、玩具メーカー、食品会社、すべて落ちて、今の会社に拾われた。しかも実力じゃなくて、苗字《みようじ》がおめでたいから、という理由で入れたの」

「希望の業種じゃなかった？」

「そもそも業種にこだわりはなかったの。入れそうなところを受けて、たったひとつ受かった。社会人になれたのが嬉しかったな」

「だから一生懸命働いているのですね」

「どうしたの、直ちゃん。わたしなんて一生懸命ってほどじゃないよ。与えられた場所で、目の前の仕事をこなしているだけ。春美ちゃんのようなアイデアマンじゃないし、野心もないし、百瀬さんのような頭脳も持っていない」

「結婚しても働き続けますか？」

「もちろん。だって家計を支える必要がありそうだし、ね？」

「ありそうですね」

ふたりは目を見合わせてくすっと笑う。

「でも子どもは欲しいの。そうなると仕事はどうするかな」

「今はみなさん両立してますよ」

「そうよね。うちは母が専業主婦だったから、家にいるイメージがこびりついてるの。わたし、不器用だしね。子育てに専念するためにスパッと辞めて、子どもが学校へ行くようになったら職場復帰できるといいんだけど。再雇用の制度がうちの会社にはないからなあ。パートするかな」

「パート？」

「ほら、家の近くのスーパーやコンビニでレジとかね。子どもを送り出したらパートに行って、子どもが下校する頃には家にいて、おやつを用意して、おかえりなさいって抱きしめるの」亜子はうふふと笑った。

バスは高速道路に乗った。

直は不思議な気持ちであった。亜子はまるで王子様と結婚して宮殿で暮らす夢を語るように、レジ打ちで家計を支えると語る。その一方で、今日は会員のために一肌脱ぎ、もりりんを探しに山へ分け入るつもりなのだ。登山靴に決意の強さが窺《うかが》える。

直は思う。

自覚はないようだが、亜子はデキる女なのではないか。社内での評価が高いと春美も言っていた。自分は首を切られたが、亜子は社長に気に入られている、とくやしそうだった。大福亜子は上に媚《こ》びず、逆らうでもなく、淡々と成果を積み重ねて結果を出すのだそうだ。

なまじ野心を持つより、誠実に目の前の課題をこなすほうが、社会に適合して出世するのではないだろうか。亜子は家事が得意ではない。主婦になるよりも第一線で働いていたほうが、輝けるのではないかと思う。でも、直は十八歳。十も年上の女性に女の生き方をどうこう言える立場ではない。

「金沢行きは明後日ですよね」と言ってみる。

亜子は「そうなのよ」と言い、「百瀬さん、また熱を出すんじゃないかな」と不安を口にした。

「百瀬さんがなぜ熱を出すのか、ずっと考えていたの。ひょっとしたら、わたしの存在がストレスになってるんじゃないかしら。一緒に行かないほうがいいんじゃないかとも思った。で、つきつめて考えた結果、あることに気づいたの。百瀬さん、働きすぎなのよ」

亜子はスマホを取り出して、直に見せた。

「このグラフは？」

「出勤する時と帰宅する時に百瀬さんからＬＩＮＥで連絡をもらう約束をしているの。それをすべて記録してグラフにしてみた。ねえ、見て。休日がないの。わたしと金沢へ行くと約束した日以外、ずーっと働いているのよ。ほら、特にここからがひどい。最近新しいクライアントの顧問を引き受けたらしいのだけど、それからは出張が多くて、ね？」

「連日働いている」

「そう、まるで冷蔵庫のように働いている」

「冷蔵庫？」

「ほら、冷蔵庫って、電子レンジより休みなく働くでしょ」

「はあ」

「わたしは百瀬さんの働き方改革に取り組みたい。それには婚約者の立場じゃダメ。

権限が弱過ぎる。妻になったらまずそこに着手するつもり」

「はあ」

「でね、本人は無自覚だけど、慢性的に過労だから、休みの日に気が緩んで熱が出るんじゃないかしら。だから明後日は一日休ませたほうがいいような気もするの」

「いいえ、行ったほうがいいと思います」と直は言った。

「わたしも父に会いに行く日の朝、熱が出たんです」

直の父も服役中で、もう何年も会っていなかった。入学金振り込め詐欺が解決したあと、ひさしぶりに母と一緒に父の面会に行った。

「前の晩、眠れなかったんです。興奮しちゃって。不安もあったし、うれしさと不安がごっちゃになって、意識がぎらぎらして眠れなくて。そしたら熱が出ました。解熱剤ですぐに下がりましたけど」

「そうだったの」

「百瀬先生はきっとおかあさんに会いたくてたまらないんです。その気持ちが強すぎて熱が出ちゃうんです。だから早く連れて行ってあげたほうがいいです」

「そうか。そうね、ありがと。そうする」

バスは高速道路を降りて、郊外の風景に変わった。

「直ちゃん、模試の結果が良かったたってこのあいだ喜んでいたけど、受験勉強順調そうね。予備校では友達できた？」

「実はわたし、予備校をやめたんです」

「えっ？」

「家庭教師に個人レッスンを受けていて、そちらのほうが効果があるので、お金のかかる予備校をやめたんです」

「個人レッスンのほうがお金がかかるでしょう？」

「無料なんです」

亜子は険しい顔をした。

「大丈夫なの？　直ちゃんはだって……」と言いかけて亜子は口を閉じた。

直は察した。

「わたし、詐欺に引っかかった過去がありますもんね。そりゃあ心配ですよね。でも大丈夫、相手は例の詐欺師なんですよ」

亜子はわけがわからない、という顔をした。

「わたしを騙して入学金を振り込ませた片山碧人《かたやまあおと》くんです。彼は早稲田大学の学生なんです。詐欺の件で一年間停学になって、謹慎中です。彼の養父の星一心《ほしいっしん》さんが、お金を全額返しただけでは足りない、浪人させた責任を取れと、息子に命じたんです。わたしに勉強を教えて、第一志望の大学に合格させろと。それが贖罪《しょくざい》だと」

「なんか……わかるようなわからないような理屈。百瀬さんは知ってるの？」

「百瀬先生はいい話だねと言いました。片山くんのためにもなるって」

「直ちゃんは抵抗なかった？　自分を騙した相手でしょ」

「片山くんって、見た目はすごく感じが良いのです。親切な人に見えたから騙されちゃったわけで、良い印象しかなかったから、試しに会ってみたんです」

「どこで？」

「星一心さんのうちで。星さんもいました」

「どうだった？」

「詐欺の時の印象とだいぶ違って、かなりぶっきらぼうでした。一応、謝ってくれて」

「一応謝った？」

「ごめんなって」

「何それ、許せない！」亜子は拳を握りしめた。

「丁寧に謝られたら嘘っぽいけど、ぶっきらぼうだったので、逆に本気で謝っていると感じました」

「そういうもの？」

「何より、教えるのがうまいんですよ。彼に教わると、すっと頭に入るんです。だから成績が上がったんです」

亜子は微笑んだ。

「彼ってイケメン？」

「綺麗な杉」と直は窓の外を指差した。

山が見える。青々とした杉が行儀よく並んでいる。直は窓を開け、空気を思い切り吸い込んだ。

百瀬は土間に立ち、洗面所で顔を洗った。

ツッピー、ツピー。

シジュウカラの鳴き声が聞こえる。

ここはもえぎ村。木立ちの中に建つ古い日本家屋で、宇野勝子の花粉症対策本部である。当の勝子たちは選挙区におり、ここには百瀬しかいない。

百瀬は両手で頬をぴしゃぴしゃと叩き、眠気を吹き飛ばす。

昨夜はあまり眠れなかった。眠りに落ちてすぐ、強烈なかゆみで飛び起きた。持参した寝袋を対策本部の畳の上に敷いて寝たところ、ダニの餌食になった。太ももと腕の内側に、赤い斑点ができた。

奥の部屋に移動し、古井が使っていた簡易ベッドを借用することにした。これを使用するようにと古井に再三言われたが、つい遠慮したのだ。ダニよけシートをマットに仕込んであるベッドで、なんとか眠ることができた。

が、早朝、佐々木からの電話に起こされた。

佐々木の報告によると、選挙運動前半戦の今、「女性が活躍できる社会」を公約に掲げる桃川いずみに一歩リードされている。街頭演説に立ち止まる人数、握手を求める人数ともに差をつけられた。応援団の熱量が違うらしい。

「花粉一掃公約は、季節外れ感が否めないかも」と佐々木は弱音を吐いた。

「杉花粉は春の災難です。今は秋だし、有権者は忘れっぽいので、訴える力に欠けるのかもしれません。杉を敵に見立ててばっさばっさと伐り倒せば、絵的にインパクトがあるのですが」とひどくあせっていた。「伐る映像が欲しい。急いでください」と言われた。

佐々木は有権者の意識を低く見過ぎている、と百瀬は思った。忘れっぽいのではなく、花粉症の辛さより、女性の生きにくさのほうが有権者にとってよほど深刻な問題なのだ。女性が生きにくい社会は、男性だって生きにくい。

ただ、「花粉症は政治責任」と言い切る勝子の姿勢は正しいと百瀬は思う。勝子には政治家としてのセンスがあると思うのだ。花粉症対策は一見地味だが、政治家は誰も手をつけていない。時間をかけてじっくりと取り組んだら、確実に成果を出せるはずだ。

今の政治家は大衆迎合的傾向にある。「こうしたい」という大勢の声を受ける形で「そうします」と公約を掲げる。しかし勝子は違う。「これを実現できたら、こういう未来が拓けます」と希望を投げかけた。花粉という地味な案件ではあるものの、発明である。彼女は開拓者なのだ。それこそが政治家の資質ではないかと百瀬は思う。

持参した餅を台所のコンロで焼いて腹におさめ、村役場に向かう。

ゆるやかにくだる山道が続く。みっしりと生えた杉林の間から届く朝日は細く輝き、吸い込む空気はほどよいしめりけに満ちている。さわやかだ。

緑は、匂う。その匂いは胸に優しい。

こういうところで暮らせたら、心身ともに健康になるだろう。

小高トモエの顔が浮かんだ。もうすっかりポチとの生活に馴染み、足の調子がよい日には、散歩に同行することもあると、正水直から報告を受けている。近所の人の話によれば、以前は登山が趣味だったらしい。さらに健康を取り戻せば、登山も再開でき、元気な頃の記憶が戻るかもしれない。

あの日、テレビを抱きしめて涙を流したトモエ。

「わたしの頭には穴が空いている」とトモエは言った。

「そこから記憶が落ちてしまう。いつどこで何を落としたかもわからない」

トモエは幼子のように、途方に暮れた顔をした。記憶障害の自覚があるのだ。テレビを見ていて胸にうずきを感じたが、なぜだかわからない、とトモエは言った。

「ほんとうの自分がわからない」

百瀬はこの時思った。事故で亡くなった犬だけではなく、いくつかのピースが失われたままかもしれないと。

「料理上手で、優しくて明るい。ここにいる小高トモエさんがあなたですよ」

百瀬はトモエが落ち着くまで背中をさすっていた。骨壺は見せずに持ち帰った。

調べてゆくと、犬の死以外にも彼女には落とした記憶があった。落とした記憶は意外にも広範囲であった。日常生活は問題がなく、平均的人間よりもむしろしっかりとしている。

百瀬は大学時代に医学部から転部の誘いがあった。教授の強い勧誘により、医学部の講義をいくつか聴講した。その時の教授に会いに行き、トモエの症状について相談したところ、脳の機能障害ではなく、精神的なもの、トラウマやストレスによる解離性健忘ではないかと言われた。記憶の空白が数分間のこともあれば、数十年に亘ることもあるという。ストレスを与えない環境を作り、安心させることが第一だそうだ。心地よい日常の中で、記憶が徐々に戻る場合もある。そうでない場合もあるらしい。

いずれ一億円が手に入る。おだやかな老後が約束されたも同然だ。亡くなった犬のことは思い出さなくてもいい。そのほかのピースは戻すかどうか迷っている。

百瀬自身、母と別れてから、母の顔を思い出せずにいた。過去との間にカーテンがひかれたように、母といた時間が見えなくなった。別れのショックで、解離性健忘に陥っていたのだ。

しかし母の裁判を終え、昔母と撮った一枚の写真を手に入れたとたん、いくつかのピースが戻って来た。すべてではないが、取り戻せたピースは宝物である。

記憶を失うことで悲しみが軽減されていた時期がある。それも事実だ。

トモエはきっと生命力が強いのだ。強いがために、彼女の記憶を失わせているのだ。記憶障害が彼女の心を守っているのだ。今が元気で、これからの人生が明るければよい。

それでも、百瀬は思う。

いつかトモエがカーテンを開け、千両箱よりも尊い宝物に気づくといいなと。そして、緑豊かなこの道を宝物とともに歩くことができたら。そういう未来があったらいいな、と思うのだった。

キョロロロロ……。

アカショウビンだ！

百瀬はあわてて上を見上げたが、姿は見えない。

アカショウビンは燃えるような赤い色をした鳥で、火の鳥とも呼ばれている。子どもの頃、図書館で図鑑を読むのが好きで、特に鳥類図鑑はなんども読み、頭に入っている。すごく気になっていた鳥である。大学時代の友人が野鳥の会に入っていて、録音した声を聞かせてくれたことがある。あの声だ。アカショウビンは里にはおらず、滅多に目撃できないらしい。

「火の鳥の声が聞けた。今日は何かが起こる！」と百瀬は感じた。

よいほうに動かさなければ。

深呼吸をした。自然には厳しさがある。虫もいればイノシシに襲われることもある。が、木々に囲まれての暮らしは深いところで人を浄化すると感じた。

村役場に近づくと、職員たちが忙しく立ち働いていた。

もりりん人気で毎日ツアー客が訪れる。受け入れ準備で役場は大忙しだ。

バスが到着するまであと一時間もない。ツアー客が到着したら、村役場のトイレを貸し、隣に増設したテラスで職員がハーブティーを振る舞う。昼休みに見晴台で食べる弁当は、地場野菜を使って村人が調理したもので、それもここで配るそうだ。

村長はツアー客に歓迎の挨拶をするので、「バスが到着する前の三十分程度ならお会いできる」と言われていた。

役場に入って「おはようございます」と挨拶をすると、みな手を動かしながらも「おはようございます」と返してくれた。

村長らしき人を探した。制服なのだろう、みな同じグレーの作業服を着て、せっせと手を動かしており、それらしき人は見当たらない。

一匹の大きな猫が近づいて来た。のっしのっしと歩いてくる。百瀬の足に擦り寄り、匂いを嗅いでいる。口を閉じたまま、くーっとこもった声で鳴いた。

百瀬はそっと跪き、挨拶をした。

「はじめまして」

手は出さない。猫は近づきたければ自分で来る。こちらが先に近づくと攻撃と受け取る猫もいる。体の大きさからすると、メインクーンもしくはサイベリアンの血が混じっているように見える。くすんだ灰色の長毛で、足元だけキジトラらしい柄もあり、おそらく和猫の血も入っている。首回りの毛が豊かで、ライオンのような威厳がある。毛質は少々ごわついて見え、おそらくかなり歳を取っている。

「百瀬先生ですか?」

声の方を見ると、長身の男が手を挙げている。

一瞬、「映画の撮影かな」と思った。俳優のように美しい顔をした男がこちらを見ている。挙げた手はすらりと長い。彼のデスクの上にはたくさんの双眼鏡が並べられていた。美男は長い指で除菌シートを握りしめたまま立ち上がり、「村長の恩田です」と会釈をした。

ツアーで貸与する双眼鏡を除菌し、レンズを磨いていると言う。

手伝いながら話をすることにした。

「恐縮です」と言いながら、恩田は椅子を勧めてくれた。ずいぶんと若い村長で、物腰がやわらかい。

同じデスクで向かい合って双眼鏡を磨く。百瀬はものを捨てず、古い道具を手入れしながら使うので、磨くのは得意だ。

「こちらこそお忙しい時間にすみません。はりきってしまう。ツアー、盛況だと伺っています。参加者はこれでもりりんを探すのですね」

「野鳥も見られます。自然を隅々まで楽しんでいただければと思いまして」

「野鳥と言えばさっき」

言いかけた百瀬の膝に、老猫が跳び乗った。

「めずらしい」と、恩田は驚く。

「人の膝の上に乗るなんて、びっくりしました。長老は里の守り神なのです」

「長老って呼ばれているんですね。ぴったりな名前だ。役場で暮らしているんですか?」

「いいえ、役場にはよく顔を出しますが、水や餌を与えても、ここでは食べません。村人に聞いても、長老に餌を与えているものはなく、おそらく、野ネズミや虫などを食しているのでしょう。みな長老には敬意を払っており、触ったりはしません。近づきがたいオーラがありますからね。なのになぜ」

恩田は驚きすぎて、手が止まってしまっている。

百瀬は手を動かしながら、「実はわたし、猫弁と呼ばれているんです」と言った。

「猫弁？」

「事務所にも自宅にも猫がいるんです。別に猫好きというわけではないんですよ。ペット訴訟を扱うことが多いのです。ご近所のトラブルとか」

「猫でトラブルが起きますか？」

「庭で糞をされた、とか。もえぎ村では考えられないかもしれませんが、都心ではペットは室内飼いが奨励されているんです。そこで、トラブルの末に引き取り手がなくなった猫をわたしが一時的にあずかっているうちに、事務所が猫だらけになってしまって。ですから、わたしの体に猫の匂いが染み付いているのかもしれません」

恩田は首を横に振る。

「長老が他の猫と一緒にいたところを見たことがありません。猫とはむしろ相性がよくないみたいです。長く生き過ぎて自分が猫だということを忘れてしまったんじゃないかな。だから猫の匂いじゃなくて、百瀬先生そのものを気に入ったのでしょう」

百瀬は膝の上の老猫に「光栄です」とつぶやいた。

長老は大あくびをしたあと、眠り始めた。恩田はつくづく驚いたという顔をしている。

百瀬は磨きながら話す。

「もえぎ村は自然がすばらしいですね。今朝、アカショウビンの鳴き声を聞きました」

「アカショウビン？」恩田は眉根を寄せた。

「姿は見えませんでしたが、声からすると、アカショウビンだと思います。それが何か？」

恩田は遠慮がちに言う。

「赤い鳥なので、危険を知らせるという言い伝えが村にはありまして。いやこれはもう、迷信なのでお気になさらず」

恩田は縁起の悪い話を吹き飛ばすように、せっせと双眼鏡を磨き始めた。

「これは村の子どもたちが理科の授業で野鳥を観察する際に使っていた双眼鏡なんです。わたしも小学生の時に使いました。今は自分のを持っている子が多いので、もう何年も学校の理科室で眠っていたのです。これを貸与すればツアー代が抑えられると、旅行会社が喜んでくれまして。衛生上、毎回こうして除菌しているのです」

「ツアーで村に入る売り上げは大きいですか？」

「収支をご覧になりますか？」

恩田はデスクのパソコン画面を見せてくれた。帳簿を見せるのに躊躇はないようだ。長老に気に入られたので、信頼されたらしい。

ハーブティー、もえぎ村特製弁当、お茶菓子、双眼鏡とテラスとトイレの提供。山道のガイド。村が提供するサービスのうち、弁当の実費だけが旅行会社から支払われている。協力すればするほど、赤字になる計算だ。

「ハーブティーも無償で提供しているんですか」

「ええ。旅行会社はツアー代金を値上げしたくないそうです。百円上げただけでも参加人数が減るのだそうです。ハーブティーの提供はこちらから申し出たことですし、気に入った方はハーブの苗をご購入いただけることもあるので、試飲をしていただいているという意識です。とにかく多くの人に村を知ってほしいのです。知って、ここを好きになってもらいたいのです」

百瀬は、上を見た。前頭葉に空気を送り、旅行会社の売り上げを試算した。

観光バスの定員は四十五人。高速料金、ガソリン代、運転手の日当……。手は器用に動かしながら、双眼鏡をぴかぴかにしていく。

恩田は心底驚き、再び手が止まってしまった。

奇妙なヘアスタイルの弁護士は上を見ながら、手元で忙しく双眼鏡を磨き、膝には長老を乗せている。その姿からはチャップリンのような滑稽さと、キリストのような寛容さが滲み出ている。恩田は息を止めて百瀬を見つめ続けた。

やがて恩田は気味が悪くなってきた。このまま即身仏にでもなってしまうのではないかと不安になり、「百瀬先生」と声をかけた。

百瀬は顎を引き、恩田を見た。

「旅行会社の利益率が高すぎますね。ハーブティー代やテラス使用料を村に入れてもらっても、ツアー代金は上げなくて済むはずです」

百瀬はデスクにあった用紙を借り、ガイドの日当、双眼鏡貸与料、テラス使用料、トイレ使用料、調理代込みの弁当代、ハーブティー代を具体的な数字で記した。

「一ツアーにつきこれくらい請求しても、ツアー代は五千円におさまり、旅行会社もバス会社も適正な利益を得られるはずです。広報の一環とはいえ、村のみなさんは朝からこんなに労働しています。正当な対価を請求するべきです」

恩田はとまどいを隠せない。

「あの……ありがとうございます。この数字を使わせていただいても？」

「よかったら参考資料にして、交渉してみてください。無理な要求ではないので、通ると思いますよ」

百瀬は次々と双眼鏡を磨き上げてゆく。

「あの」

「はい？」

「百瀬先生は宇野先生から頼まれていらしたんですよね」

「そうでした。花粉一掃キャンペーンに対する村長のご意見をお伺いしたくて」

恩田は百瀬ほど器用ではないので、話に集中するために手を止めた。

「もえぎ村の杉は高齢なので、大量の花粉を飛散させているのは確かなことだと承知しています。宇野先生がおっしゃるように、広範囲を伐採すれば、花粉の量はたしかに減るでしょう。でも」

「でも？」

恩田は言葉に詰まった。百瀬は言った。

「政治家は信用できませんか？」

恩田はハッとした。百瀬は続ける。

「もえぎ村は以前、首都高を信州につなげるトンネル工事計画がありましたよね。都が公開している公共事業の資料にありました。国の要請に応じてもえぎ村も総出で協力したという記録が残っています。でもちょっとしたトラブルをきっかけに工事は中止となった。以降、国土交通省は計画に着手していません。当時の新聞を調べてみましたが、死傷者が出るようなトラブルではなかった。なのに計画は中止。どうしてだか推測してみました」

「百瀬先生」

「測量ミスが発覚したのでしょう」

「あの……」

「国はミスを認めずに、なかったことにしたんじゃないですか？」

恩田は否定も肯定もせず、唇を噛み締めた。

「宇野先生は嘘のないかただと思います」と恩田は神妙に話し始める。

「もえぎ村の土地開発計画を提示された時は、わたしも心動かされました。この村は人口が減りつつあるんです。高齢化も加速しています。十年後は存続すら危ぶまれています。もしここに多くの人が移り住めば、総合病院ができる。商業施設もできる。何よりもわたしは高校を作りたい。土地開発は絶好のチャンスと思いました。しかし」

「しかし？」

「森林蔵さんの許可がないままことを進めるのには躊躇がありました」

「伝説の木こりの、もりりんさんですね」

「はい。わたしは森林蔵さんの意向が気になりました。秘書の佐々木さんは森さんに法的権利はないとおっしゃいますが……」

百瀬は「村長のお気持ちはわかります」と言った。

「森林蔵さんが森林の手入れを長年無償でしてくれた、つまりこのあたりの土地を熟知している山の神です。もえぎ村は長年土砂災害がありませんでしたよね。森林蔵さんが杉林を手入れしてくれたおかげで、山が保水力を維持できている。村長が森さんの意向を気にするのは当然です」

「ずいぶんと調べていらしたんですね」恩田は感心し、話を続けた。

「実はわたし、迷っていたんです。村の存続と森林蔵さんの意向の狭間《はざま》で揺れていました。こちらが迷っている間に宇野先生は私財を投じてもえぎ村の土地を購入しました。これには驚きました。今までの政治家と違い、本気だと感じました」

百瀬はうなずきながら熱心に聞き、手も動かし続ける。

恩田は話すほうに集中した。

「本気は、迷っている人間より強いです。あっという間に花粉一掃キャンペーンが世間に周知され、報道陣が山に入るようになりました。これも世の習いとわたしは観念しました。もえぎ村も時代の流れには逆らえない。これでいいのだと、自分に言い聞かせました。でも、あの日、伐採が阻止されたあの日、気づいたんです」

「ニホンザルがマイクを奪った日ですね。何に気づいたんです？」

「宇野先生の土地開発イコール村の存続ではない、と。村を消滅させ、都会を持ってくるだけだと。森林のないもえぎ村はもえぎ村ではありません。それに」

「それに？」

「現金なことを言わせてもらえば、宇野先生が選挙に負けたらどうなります？」

「土地開発計画は白紙になるでしょう」

「すると伐採された裸の山だけが残されます。二十七年前爆破されたあとが放置されたように、裸の山は放置され、すると土砂崩れなどの災害に見舞われる危険がありま す」

恩田は百瀬を見つめた。

「宇野先生も百瀬先生も都心に住んでいらっしゃる。でもわれわれはこれから先もこの土地で暮らしていくのです」

「わかりました」と百瀬は言った。双眼鏡はすべて磨き終えた。

村役場の職員が叫んだ。

「村長、バスが着きました！」

百瀬は長老を床におろして、立ち上がった。

「お話ありがとうございました。これから森林蔵さんにもお話を伺ってみます。会えそうな場所をご存知ですか？」

恩田は双眼鏡を段ボール箱に詰め始めた。

「ツアーの山道はまず会えません」と恩田はささやいた。

百瀬はハッとした。

もりりんに会いたいツアーはもりりんに会え**な**い**ツアー**なのだ。村はツアーに協力する姿勢を取りつつ、山の神を守ろうとしているのかもしれない。ひょっとすると、山の神を守るために、あえて提携しているのかもしれない。

恩田は思いつめたような顔でつぶやく。

「わたしだって会えません。あなたに会えるはずがない」

「一度も会ってないのですか？」

「二十七年前、爆破に巻き込まれそうになったわたしを助けてくれました。それ以来、何度も会おうとしましたが、会えません。会うことは諦めました」

百瀬は微笑む。

「ではわたしも会えないとわかるまでやってみます」

恩田は呆れた顔で百瀬を見た。そして根負けしたように、言う。

「われわれが森林を調査するために使う道があります。役場の裏口から行けます。そちらのほうが、可能性としては上です。ただし、急勾配なのでキツいですよ」

「ありがとうございます！」

恩田は双眼鏡をひとつ百瀬に渡した。

「磨いてくださったお礼にひとつ差し上げます。遭難はしないでくださいよ。熊には要注意です」

恩田は箱を抱えて外へ出て行こうとして、振り返った。

「村には花粉症の人間はおりません」

そう言って、恩田は出て行った。

村に花粉症の人間はいない。花粉一掃キャンペーンは、都会に住む人間のための施策なのだと、百瀬はあらためて胸に刻む。

窓の向こうに、バスから降りてくる都会人たちを迎える恩田の姿が見えた。

職員が百瀬にささやいた。

「ツアーのリピーターが増えているんですよ。最近ではもりりんより村長が人気みたいで」

「かっこいいですからね」と百瀬は微笑んだ。

誇らしげな職員に案内されて、百瀬は裏口から山へ出た。

青岩見晴台からの眺めに、正水直は目を奪われた。

空は広く、眼下には畑が広がっている。ふるさとの甲府を思い出し、なつかしさに胸が熱くなる。遠くに見える都心は灰色に霞《かす》んでいる。ふだんはあそこにいるんだなあと、感慨深い。空気悪そう、と思いながら双眼鏡を覗くと、霞んだビル街の上にちょこんとマッチ棒のような突起があった。

「スカイツリーが見えましたっ」

「やだ、直ちゃん、山に来てスカイツリーを見るなんて」

亜子は笑いながらも、やはり双眼鏡を覗いている。こちらはまっすぐに伸びた杉が並ぶ山を熱心に見上げている。

「もりりん、見つかりませんか」

「野鳥はいるんだけどねえ」

亜子は歩き回りながら、杉林を観察している。

おいしいもえぎ村特製弁当を食べ終え、今は自由時間である。参加者たちはそれぞれにしゃべったり、写真を撮りあったりして楽しそうだ。初めは双眼鏡でもりりんを探していた人も、今は野鳥を見つけて喜んでいる。

ガイドはボランティアの村人で、中年女性だ。「杉林の奥には行かないように。方角がわからなくなりますよ」と声をかけて回っている。参加者の中には「村長のこと教えて」とガイドに尋ねるものもいる。「早く村役場に降りて村長に会いたい」と言い出すものもいる。

もりりん目当てで参加したものの、村役場で出迎えてくれた村長があまりにもイケメンなので、山道を登る間も話題になっていた。ガイドから独身だという情報を得て、盛り上がっている。

ひとり、岩に座ったまま、単語カードを睨んでいる女の子がいた。あざやかな青い縁のめがねをかけ、直と同世代に見える。弁当もひとりで食べていた。今はぶつぶつと英単語を唱えている。直に気づいて顔を上げた。

「ごめんなさい、邪魔しちゃった？」

「いい、もう全部頭に入ってるから」と女の子は言う。

「受験生？」

「うん」

「わたしも。実は浪人中なんだ」

「わたしも浪人」と女の子は言った。シックな服装に、めがねだけがポップだ。

「勉強に行き詰まっちゃって、参加してみたんだけど、こんなことしてていいのかなって、あせっちゃって」

その言葉を聞いて、直にもあせりの気持ちが生まれた。単語カードを見せてもらったが、覚えているのは半分にも満たない。もう九月。残りの日数を思い、気が滅入《めい》る。

「もりりんを目撃すると合格するっていう話、どう思う？」と聞いてみた。

「スピリチュアルなものは信じない」と女の子は言う。

「おばあちゃまは頭痛がするとこめかみにうめぼしを貼り付けるんだ。ほんとうにそれで頭痛が消えるんだって。幼い頃わたしがころんで怪我《けが》をすると、いたいのいたいの飛んでいけーと呪文を唱えてくれて、ほんとうにそれで、痛みが薄らいだ。それってどちらもプラシーボ効果だと思う」

「プラシーボ?」直はその言葉を知らない。受験に出るのだろうか。

「薬ってね、新薬の効能を試す時、デンプンで作った偽薬と開発中の新薬とを同じ人数に投与して、有用性を比べるの。新薬のほうが明らかに有用性が高いと証明された場合に、やっと認可が下りるんだ。でもね、偽薬でも痛みが取れたり、腫れが引く人が一定数はいる。薬を飲んだという自覚が効果を生むんだって。それをプラシーボ効果っていう」

「じゃあ、キャラメルをバファリンだと思い込んで食べると、熱が下がるの?」

「キャラメルをバファリンと思い込むのは無理だと思うけど」

「もりりんを見たら合格すると固く信じて、もりりんを目撃したら、プラシーボ効果で合格できたりして」

「そうか、たしかに」

女の子はにっこりと笑った。笑うとかわいい。

「でもやっぱりわたしはスピリチュアルなものには抵抗があるんだ。現代の科学で説明できないものはたしかにあるけど、それは科学が発展途上だからだと思う。科学が全能になったら、スピリチュアルな現象は全否定できると思う」

「そんなふうに考えたことなかった」

直は感心した。自分の考えを持ち、発言できる。同世代なのに。

女の子は東大を目指しているという。今年は東大しか受けずに浪人することになったが、来年は私立も受けてみると言った。両親ともに医学博士で、父は新薬開発、母は臨床医、自分は物理工学の道に進みたいと言う。エリート一家だ。

直は法学部を目指していると話した。同世代と話すのは久しぶりで、心が弾む。

「村長がイケメンだった」というのは共通認識で、「下に降りたら、一緒に写真を撮ってもらおう」と約束した。

「直ちゃん」と背後から声を掛けられた。

亜子が板チョコレートを一枚差し出し、「よかったらふたりで食べて」と言う。

「わたしはこれからちょっと奥まで行ってみる。ふたりとも楽しんでね」

亜子はバイバイと手を振り、杉林に消えて行った。

「誰？」と女の子は険しい声で言った。直に連れがいることに気を悪くしたようだ。

「近所に住んでいる人で、おねえさんみたいな存在。今日はバスで偶然会ったんだ。びっくりしちゃった」

「わたしもびっくりした。あの人すごい格好してバスに乗ってきたでしょ。ひとり目立ってた。靴を見た？　富士登山かよ、って引いちゃった」

直はパキン、とチョコレートを二つに割り、片方を差し出す。

「いつも一生懸命な人なんだ」

直も自分の意見を持ち、発言することにした。

「あのひとは一生懸命他人のために動ける人なんだよ」

言えたことに満足し、チョコレートをかじった。

百瀬は圧倒されていた。

目の前には他と一線を画した巨木がそびえ生えている。

樹齢はどれくらいだろうか。多摩の山にこのような大杉が存在するとは。

感嘆のため息がもれる。

学生時代にゼミの仲間と屋久島《やくしま》に行ったことがある。

屋久島は地面が花崗岩《かこうがん》で養分が少ないため、杉の成長が遅くなる。ゆっくりと大きくなるため、樹脂が多く、多雨でも根腐れしにくい。だから千年を超える屋久杉が多く残っている。

有名な縄文杉も見た。縄文時代からあったのではと語り継がれるほどの老木で、幹の周囲は十数メートルあり、実際の樹齢は二千年とも三千年とも言われている。

目の前の大杉は、屋久杉よりも幹幅が狭いが、周囲の杉よりは際立って太い。通常、杉は樹齢八十年だそうだが、百年、いやもっと長く生きていそうだ。二百年？ もっとかもしれない。老木にしては生き生きとして、空洞もねじれもない。高さは五十メートルはあるだろう。現役感があり、木の根は力強く、あばれるようにあちらこちらに張り出している。

百瀬は太い根に腰を下ろし、ナップザックから水筒を出して飲んだ。昼飯用に持ってきたあんぱんをかじる。栄養補給にチョコを持って来ればよかったと反省した。

裏の山道を休み休み登ること二時間。整備されていない道は木の根が縦横にはびこり、注意深く歩を進めないと、足首をひねってしまいそうだ。くるぶしを包むトレッキングシューズを履いてきてよかったとつくづく思った。

懇意にしている靴職人の大河内三千代《おおこうちみちよ》から「足元が人生を決める」と常々言い聞かされている。宇野勝子の顧問を引き受けた翌日、「まずは靴だな」と思い、さっそく購入した。しばらく食費を切り詰める覚悟で、よいものを選んだ。懐が痛かったが、足が痛くなるよりマシである。服はいつもの安物のスーツで来てしまった。ズボンに伸縮性がないため、登りにくく、疲れ果てた。人が住んでいそうな小屋も見つからず、森林蔵に会うのを諦め、引き返そうとした矢先にこの杉に出会ったのだ。

双眼鏡を覗き、高い位置の葉の状態を観察する。この季節には二センチほどの球果（実）がたくさん実っているはずだ。事前に国会図書館で杉に関する書物を読破し、基礎知識を脳に詰め込んできた。

杉は小枝の先に雄花をつける。それが二月から四月にかけて開花し、花粉を飛ばす。そのあと、十月から十一月にかけて球果となるのだ。

この杉はおそらく老齢だ。春には花粉を多く飛ばすはずだし、その花はすべて球果となるはず。なのに球果はあるにはあるが、非常に少ない。

人の手で、雄花が摘み取られているのではないか。

屋久杉は特別天然記念物に指定され、法律により伐採が禁止されている。しかし多摩の杉に法的しばりはない。

双眼鏡でほかの杉も見る。みな美しくまっすぐに生え、朽ちた枝もなく、なのに球果はさほどの量はない。適切に枝打ちされているから、陽の光が大地まで届き、ほかの草花たちも生き生きとしている。

百瀬は大杉の写真を角度を変えて何枚も撮り、宇野勝子へ画像データを送った。

彼女の足でこの杉を見に来るのは難しいだろう。せめて写真だけでも見るべきだと思った。人間の寿命よりはるか長くこの地で生き続けている杉。人の体に血液が巡るように、根から幹のてっぺんまで樹液が流れている。生きている。何百年も生きている。朽ちるまで、生きているのだ。人間の都合で伐採するにしても、一度立ち止まってその姿を見て、意味を問い直すべきではないだろうか。伐って得られるもの、失われるものを、双方向から考えてみる。失われたものは取り返せないのだから。

風が吹いた。冷たい風だ。そろそろ降りなければ。日が暮れる前に。

思いがけず、下りのほうが時間がかかった。

登りですでに筋力を使い果たし、限界を迎えていたようだ。膝が笑うという表現がぴったりで、思うように足が動かない。倍の時間をかけてようやく村役場の屋根が見えた時、すでに日没後で、あたりは青みがかっていた。

ツアーはとっくに終わり、観光バスの姿もなかったが、代わりにパトカーが停まっており、村役場の中はざわついていた。中に入り、職員に「どうかしましたか」と声をかけると、職員はびっくりした顔をして大きな声を出した。

「村長、百瀬先生はご無事です！」

ざわつきがいったん収まった。警察官と話し込んでいた恩田が百瀬をちらっと見て、おかえりというように軽く会釈をすると、再び喧騒が始まった。

職員のひとりが百瀬にささやいた。

「ツアー客のひとりがはぐれてしまって」

「それはたいへんですね……ひょっとしてわたしのことも心配させてしまったのでしょうか」

「もちろん、先生のことも心配しましたが、旅行会社はツアー客に何かあると困るのです。小学生の遠足レベルの安全なコースというのが売りですから」

「捜索のお手伝いをさせてください」と百瀬は言った。

職員は首を横に振り、「先生は休んだほうがいい」と言った。

椅子を差し出され、ハーブティーまで振る舞われた。

下山中なんどかころんだので、スーツのあちこちが傷んでいる。申し訳ない思いでグラスを受け取り、椅子に座らせてもらった。ハーブティーが体じゅうに染み渡る。

長老がさっそく百瀬の膝に乗った。途端に睡魔に襲われそうになる。睡眠不足な上に、力を使い果たしてしまった。手伝うなんて到底無理だ。

職員は言う。

「村総出で行方不明者を捜していますが、そろそろみな引き上げてきます。日没後は村の人間でも危険なので」

「明日、お手伝いします」と言ったあと、意識が薄れ始めた。

「百瀬先生！」と強く腕を揺さぶられた。

目を開けると、目の前には正水直がいる。いつのまにか新宿に戻ってしまったのかと一瞬思った。

「百瀬先生、百瀬先生」

直は真っ青な顔で、必死に訴える。

「どうしたの、正水さん、こんなところで」

「亜子さんが、亜子さんが」

「大福さんが？」

「消えてしまったんです。山で、青岩の見晴台のところで、バイバイって言いながら、杉林の中に」

直は震えている。

「集合時間になっても戻ってこなくて、ガイドさんの指示でみんなでここまで降りてきて、ほかの人はバスで帰りました。わたしは心配でここに残って待たせてもらっているんです。村役場のみなさん総出で捜してくださっています……こんなに時間が経っても……見つからなくて……圏外だからスマホも通じなくて……どうしよう、何かあったらどうしよう」

百瀬の全身に電流が走った。長老がびっくりして床に飛び降りた。

「大福さん！」百瀬は村役場を飛び出した。

恩田はあっと叫んだが、遅かった。雑巾のようにくたびれた男がいきなり走れメロスになって闇の中へ消えてしまった。


「大福さん、愛しています」

百瀬は亜子を抱きしめた。

亜子は、痛かった。

「百瀬さん、痛いです。足です。足を踏んでいます」

必死に訴えたが、百瀬は離れてくれない。

「痛いですってば！」

力いっぱい突き飛ばした。途端、亜子は我が身の振動で目が覚めた。

丸太が目に入る。

丸太が丸太と並んで丸太丸太とひしめきあい、目が回る。

だんだんと目の焦点が合ってきて、「ここは……五郎《ごろう》さんのうちだ」と思った。

子どもの頃、教師をしていた父に「テレビは一日に三十分以内」と躾《しつ》けられていた。見られる番組は子ども向けの教育テレビのみ。友だちが見ている歌番組や、アニメが見たかったので、不服だった。例外として週一回だけ、一時間見ることを許された。しかし内容は父が決めた。ＶＨＳビデオに録画された古い連続ドラマ『北の国から』で、「人間の機微が詰まっている」と父は絶賛するのだが、なにせ生まれる前に放送されたものなので、亜子は乗り気でなかった。テレビを見たいのは、教室での友だちの会話についてゆきたいからなのだ。ふてくされた態度で見始めたが、しだいに物語に惹かれて行った。

舞台は北海道の富良野《ふらの》だ。電気も水道も通っていない奥地で、黒板《くろいた》五郎という男が、わが子ふたりと暮らし始める。亜子と同じく東京で生まれ育った子どもたちの、「水が出ない」「電気がつかない」というとまどいに、一緒になって気を揉んだ。こんなところに連れてこられてかわいそうに、と初回は涙した。

一年が過ぎ、五郎は子どもたちと暮らす家を完成させた。それはそれは立派な丸太小屋であった。何もないところで苦労した末にできあがった。そのことがなおさらその家を立派に見せていた。丸太小屋にはロフトがあった。そこで寝るのだ。亜子もそこに寝てみたい、と夢見たものだ。

今、目に映る天井には、ロフトはない。ここは五郎さんの丸太小屋ではない。いったいどこだろうと体を起こそうとすると、足に激痛が走った。

「痛っ」

ニホンザルと目があった。亜子の悲鳴に驚いたようで、こちらを鋭い目で睨んでいる。壁も天井も丸太だが、部屋の中にも短い丸太が数本、縦に立ててあり、その一本を椅子のようにして、ニホンザルが座っている。真っ赤な顔で亜子を見下ろしている。

「猿の惑星？」

ここは富良野ではなく、猿が支配する惑星で、丸太の数は猿の家族の数？　あまりにも非日常的風景なので、ドラマや映画の世界に紛れ込んでしまったように思える。

キーッ、とニホンザルは叫んだ。

亜子は恐怖のあまり声が出せない。

丸太で作られたドアが開き、のっそりと大きな影が入ってきた。心臓が破裂しそうになる。影はゴリラではなく、人だ。藍色の服を身につけている。

もりりん？

そうだストラップ！　藍色の、忍者みたいなフィギュア。目の前の男が身につけているのは作務衣《さむえ》に似たデザインで、でも作務衣よりタイトで、体にフィットしている。藍染のようだ。珍しい服だが、引き締まった体躯によく似合っている。

この男はもりりんだ、と亜子は確信した。乃里子シュバリエは彼を目撃して、ドキドキしたのだろう。亜子は心臓が破裂しそうだ。非日常の風景はスクリーンの向こうだとワクワクするが、自分が渦中にいると、楽しむ余裕はない。

すっかり目が覚め、意識がはっきりとした。

もりりんに会いたいツアーに参加したこと、休憩時間にもりりんを探して森林に入ったこと。あと少し、もう少しと進んでゆくうちに、いきなり地面がなくなった。踏みしめたはずの大地が、ない。足が浮き、体がスッと下へ落ちてゆく感覚があり、あとは覚えていない。

「足が折れている」と男は言った。

低く、ハスキーな声だ。

亜子は厚く敷かれた干し草の上に寝かされていた。リュックは手元にある。右足首から足の裏までが板のようなもので直角に固定され、黄ばんだサラシのような布が巻かれている。じんわりとした痛みが続いているが、動かさなければ耐えられる。ゆっくり、そうっと上半身を起こしてみる。

「わたし、滑落したんですか？」

「洞穴《ほらあな》」と男は言った。

なるほど穴に落ちたのだ。

双眼鏡を覗いたまま足元を見ずに歩き回ったことを悔いた。公園ではなく山なのだから、動物の巣のあとなど、自然にできた穴があるだろう。こうして生きているのはラッキーだ。この人が見つけてくれて、運んでくれたおかげだ。添え木もしてくれた。親切な人だ。怖い人ではない、と思いたい。

亜子は頭を下げた。

「お骨折りくださって、ありがとうございます」

「骨を折ったのはそっちだ」と男は鼻で笑った。

馬鹿にしたような笑いだが、笑いは笑いである。亜子はほっとした。

もえぎテラスで聞いたイケメン村長の解説によると、もりりんとは、伝説の木こりだそうだ。代々森林蔵の名前を世襲しており、江戸時代から里の一員だったが、戦時中に没交渉となった。今は何代目の森林蔵さんか不明だし、年齢もわからないという。村では山の守り神として、昔から敬意を払っていたそうだ。彼の姿を見かけたら、幸運に恵まれるという言い伝えが村にはあって、四葉のクローバーや、茶柱が立つのと同様に、ラッキーアイテムとされているらしい。

目の前の男は、目が大きく、眉が太く、顔の半分は髭《ひげ》で覆われている。固そうな髪はザンバラで、白髪が交じっている。百瀬太郎に比べれば、若干、髪のおさまりはマシに見える。老人ではない。青年でもない。中年でもない。カテゴリに収まらない。

森林蔵なのか確認する必要がある。まずは自ら名乗るべきだ。

「わたしは大福亜子と申します」と言ってみた。

男は興味がなさそうで、小さな窓を少し開けて外を見た。

「里まで送る」

亜子は「歩けません」と言った。

リュックの中のスマホを捜した。山岳救助隊に来てもらわなければならないと考えた。スマホを手にして、絶望した。電波が届いていない。

「日没したがまだ残り陽がある。今しかない」

「森林蔵さんですか？」と問うてみた。自分の身も心配だが、任務を全うせねば。

男は返事をせずに怪訝な顔をした。

「森林蔵さんですよね？」

否定しないので肯定と解釈し、亜子は心の中でガッツポーズをとった。

「おひとりでお暮らしですか？」

森林蔵はニホンザルを見た。ニホンザルはきゅうっと、鳴いた。

「おさるさんと暮らしているんですか」

「マリ」と森林蔵は言った。

マリというニホンザルと暮らしている、ということだ。つまりは、独身らしい。

「わたし、森林蔵さんに縁談を持ってきたんです」

亜子はリュックからプロフィールシートを出し、森林蔵に差し出した。

森林蔵は呆気《あっけ》にとられた顔をしていたが、神妙に受け取った。

「わたしは新宿のナイス結婚相談所で、縁結びのお仕事をしています。会員の乃里子シュバリエさんがあなたをお見かけして、恋に落ちました。ぜひ一度会ってくださいませんか」

森林蔵は意外にもプロフィールに目を通した。そしてすぐ、亜子へ戻した。その戻し方で、ダメだと察した。シートには写真が貼ってある。かなりの美女だと伝わったはずだ。年齢は乃里子シュバリエのほうが上かもしれないが、これほど魅力的な女性は滅多にいない。

「女性に興味ありませんか？」

森林蔵は面倒くさそうにぼそりと言った。

「この女は好かん」

「わかりました」

亜子はシートをリュックにしまった。自分にできるのはここまでだ。

「命がけの縁談か」森林蔵は再び鼻で笑った。

亜子はほんの少しだが魂に近づけたような気がした。リュックから一枚の板チョコを出すと、森林蔵に差し出す。

「助けてくださったお礼です」

森林蔵は素直に受け取った。そして亜子からリュックを取り上げた。それを自身の腰紐《こしひも》に結びつけ、亜子に背中を向けて、しゃがんだ。

大きな大きな、山のような背中であった。

「里までよろしくお願いします」

亜子は山にしがみつくようにして起き上がろうとした。足の痛みでうめき声が出た。森林蔵は手を貸さず、ただ黙って待っている。時間がかかったが、大きな背に身を委ねることができた。

森林蔵は軽々と立ち上がった。亜子は自分がぬいぐるみになったような気がした。まるで体重がないかのような感覚に陥ったのだ。それほどまでに、森林蔵はたくましい。人に背負われているのではなくて、乗り物に乗ったような安定感がある。

小屋を出た。

縁談を持ちかけてしまったおかげで、日はとっぷり暮れてしまい、月明かりだけが頼りであった。マリが少し先をゆく。マリのお尻にはふたつ、白く丸く光る部分があり、それが月の光に反射して、道しるべとなってくれる。

「マリさんにバックライトがついてる」と亜子は言った。

「尻ダコだ」

「尻ダコ？」

「皮膚が硬くなり、尻を守る」

「へえー」

亜子は不思議であった。尻ダコライトがあるとは言え、亜子の目には周囲は暗く、地面も障害物となる木々も見えない。なのに森林蔵はまるで鳥が空を飛ぶように、魚が海を泳ぐように、杉の間をすり抜けてゆくのだ。自分の体重も、森林蔵の体重も感じない。ハンモックに揺られているような心地よさがあり、気が大きくなった。

「森林蔵さんはおいくつですか？」

しばらく無言の時間があった。気を悪くしたのかと思ったが、やがてこう返ってきた。

「五十までは数えた」

その後は忘れてしまったのだ。

「六十にはなってないと思いますよ」と言うと、「俺もそう思う」と応えた。

変わった人だが、感じがよい。百瀬太郎もそうだ。変わった人だが、感じがよいのだ。ひょっとすると、まっとうな人が変わり者に見えてしまう社会なのかもしれない。

思い切って尋ねた。

「どんな女の人が好きですか？」

職業柄、とても気になってしまうのだ。しばらく無言の時間があった。ちょっぴり馴《な》れ馴《な》れしかったかなと反省していると、ひょいと答えが返ってきた。

「ひとりで立つ女」

なるほどと思った。乃里子シュバリエは魅力的な女性だが、ひとりで生きるタイプではない。自立した女性が好きなら、森林蔵は現代的な思考の持ち主なのかもしれないと亜子は思った。しかし、だ。

「女性たちよ、存分に活躍してください！」と社会に叱咤《しった》され、働かねばならない、産まねばならないと、自身を鼓舞する現代女性こそ、誰かに頼りたいと思っている。味方に支えられたいと思っている。ひとりで立つのに疲れ切っているのだ。

働くだけじゃだめなのか。

子育てするだけじゃだめなのか。

ただ生きているだけじゃだめなのか。

すべてを手に入れなければ「負け」なのか。

亜子はエリートではないため、周囲に期待されず、楽に生きてこられた。優秀な女性たちほど、苦しんでいるように思う。

「ひとりで立つって、厳しいです。そんな女性、いるのかな」

「いる」と森林蔵は言った。

亜子は納得がいった。森林蔵には意中の人がいるのだ。プラチナアドバイザーの直感で、それとわかる。だから乃里子シュバリエではだめなのだ。

「ひとりで立つ姿はシャンだ」

シャン？　亜子は吹き出しそうになる。

もはや古語だ。古い日本文学に使われていて、意味がわからずに父に尋ねたことがある。たしかドイツ語で、美しいという意味で、旧制高等学校時代の学生言葉だと、教えてもらった。森林蔵は父と同じく昭和のオジサンなのだ。可笑しくなり、笑いを噛み殺した。意中の人はどんな人なのだろう。過去の恋だろうか。死別だろうか。乃里子シュバリエを超える美女に違いない。

学生時代に読んだイギリスの小説『緑の館』を思い出す。密林に住む美少女と密林に逃げ込んだ革命家の青年の恋だ。密林に住むもりりんと都会から逃げ込んだ美女の恋愛をあれこれ想像しているうちに、亜子は睡魔に襲われた。

恩田は村役場でひとりカップラーメンを啜《すす》っていた。

外はすっかり暗くなり、フクロウが鳴いている。いつもなら役場を閉めて職員寮でくつろぐ時間だが、今夜はここに泊まることにした。

もえぎ村で遭難者が出るのは初めてだ。村人はみな山に慣れている。観光を受け入れるということは、山を知らない都会人が入るということで、村での常識は通用しない。そのことを痛感した。

しばらくツアーは中止にしてもらった。危機管理を万全にするため、練り直す必要がある。ガイドの教育など、課題は山積みだ。今回の遭難は村長である自分の責任だと恩田は思う。村は報酬を得ずに協力した。そのことが甘えを生んだのだ。やはり百瀬弁護士の言うように、きちんと金を請求し、行き届いたサービスを提供すべきだ。

明朝は日の出の少し前、あたりが青くなり足元が見える時間から捜索を始める予定だ。警察にも役場の人間にも帰ってもらった。遭難したふたりの近所に住む正水直という女の子はここで待つと言い張った。

「あなたがここにいてもふたりを救うことはできない。家に帰って家族を安心させてあげなさい」と声を掛けると、「ふたりが大切にしている猫がいる。その子のために帰ります」と納得した。警察の車で街まで送ってもらった。新宿にもあたたかい近所づきあいが残っているのだと意外に思う。

大福亜子　二十九歳女性。ツアーの途中で行方不明。

百瀬太郎　四十一歳男性。女性を捜しに行き、二次遭難。

それぞれに遭難したとなると、捜す手も倍かかる。

恩田は壁に貼ってある地図を眺めながら、捜索のルートを練った。チームを二手に分け、赤いペンと青いペンで各々の山道を攻めてゆく。

「惜しいな」

低い声が背後から聞こえ、ぎょっとして振り返った。

役場の入り口に、大きな影がある。

恩田は全身が硬直し、息をするのを忘れた。

ずっとずっと会いたかった、尊敬してやまない山の神が、大荷物を背負ったままこちらを睨んでいる。足音もさせずに近づいてくると、恩田から青いペンを奪って、地図に線を足した。

それからゆっくりと大股で歩いてゆき、役場の隅にある古いソファに大荷物を置いた。二十九歳女性。足には添え木。顔に泥がついており、目をつぶったままだ。

森林蔵は腰にくくりつけていた女性もののリュックをソファの下に置き、「寝ているだけだ」と言った。そしてさきほど書き足した青い線を指差し、「もうひとりはここで倒れている」と言った。

恩田はとっさに懐中電灯を手にし、救助に向かおうとしたが、腕をつかまれた。

「夜の山を甘くみるな。お前には無理だ」

「では、あなたが？」

「野郎は助けない」

「………」

「長老があたためているから、朝までは保《も》つ」

森林蔵はつかんだ手を離し、恩田の肩をぽん、と叩いた。

恩田は涙をこらえ、「ありがとうございます」と頭を下げた。

山の神が「保つ」というなら保つだろう。ほっとするあまりにくずおれそうになる。

森林蔵は背を向け、出て行こうとした。一匹のニホンザルがぴょんと彼の肩に乗る。

行ってしまう。恩田はすがるような思いで声を掛けた。

「森先生！　わたしはあの時の子どもです。爆破の時に助けていただいた子どもです」

森林蔵は振り返った。

「先生、教えてください。森林を伐採してここに街を作る計画をどうお考えですか？」

ニホンザルが「しゃーっ」と牙をむいた。

森林蔵はニホンザルの背に手をやり、なでた。

「あの爆破でこいつの母親は死んだ。こいつはまだ赤ん坊で、死んだ母親の乳に吸い付いて、いつまでも離れようとしなかった」

恩田はニホンザルを見た。

「俺はお前を救えたが、こいつの母親は救えなんだ」

「先生」

「俺はこいつらに借りがある」

恩田は胸に痛みを感じた。おそらくあのとき森林蔵はとっさにトリアージをしたのだ。命の選択をし、人の子を選んだ。そうさせたのは自分だ。

「みな、この大地の間借り人に過ぎない」と森林蔵は言った。

言葉が光のように恩田に降り注いだ。

土地の名義がなんだ。そんなものはあとから勝手に人間が作った書面上の記号に過ぎない。森林蔵は世代を超えてはるか昔から山にいるし、恩田だって赤ん坊の頃から村で生きてきた。ここで生きるものが、ここを守るのだ。

「わかりました」と頭を深く下げた。胸や腹に詰まっていた靄《もや》が晴れた。

顔をあげると、森林蔵の姿はなかった。

第六章　母を訪ねて

新幹線はくたかの窓際の席で、百瀬はぼんやりと外を眺めている。膝の上にはペット用キャリーバッグが置かれ、その中に片手を入れている。

さきほどまで百瀬の指を舐《な》めていたテヌーは、今は手の甲に顎を乗せ、寝息を立てている。金沢まであと二時間。

一緒に来るはずだった亜子は実家で療養中である。

あの日、亜子が遭難したと聞き、後先考えずに村役場を飛び出してしまった。

気がついたら走っていた。記憶に空白があり、今もその数分間は思い出せない。解離性健忘を体験したわけだ。

青岩見晴台の近くで消えたという情報は頭に入っていた。地図も頭に入っていたので、ツアーのコースは見当がつく。緩やかな山道を全速力で駆け上がった。群青色だった世界がみるみる闇へと変わってゆく。闇に大切な人が飲み込まれてゆく。頭の中が沸騰し、体が粉々になるような恐怖を感じた。

「助けて……助けて……」

荒い息を吐きながらうめいた。

「大福さんを助けて……大福さんを返して」

うめきながら走った。

「おかあさん、助けて」

神も仏も信じていない百瀬は、自然と母にすがっていた。幼い頃別れた母。「ママ」としか呼んだことのない母を「おかあさん」と呼ぶ。

「おかあさん、助けてください、ぼくの大切な人を」

木の根に躓《つまず》き、体が前へふっ飛んだ。

地面に叩きつけられ、顎をしたたか打った。全身の力が抜けてゆく。朝からの無理がたたり、体を起こすことができない。ふくらはぎが痙攣《けいれん》している。しばらくすると月明かりが百瀬の頬に注いだ。汗が体温を奪い、全身が深々と冷えてくる。意識が遠のく中で、脇のあたりになにやらぬくもりを感じた。

母が添い寝をしてくれている、と思った。

幼い頃たった一度だけ、添い寝をしてもらった記憶がある。恐ろしい夢を見てうなされ、泣き続けていたら、母が来てくれた。毎晩母は書斎にこもって研究を続けており、百瀬はもの心ついた頃から自分ひとりで寝ることが習慣だったから、この夜のことは印象深い。

あの時、母に愛されていると実感した。ひょっとすると、そのことだけがよすがだったかもしれない。七歳で児童養護施設に入れられても母の愛を信じられたのは、あの晩感じたぬくもりの記憶のおかげかもしれない。

月光とぬくもりに包まれ、意識を失った。

頬を舐められ、目が覚めた。

朝もやが立ちこめ、もうすぐ日の出という時分であった。長老がこちらを見ていた。寒さから守ってくれたのは母ではなく、老猫であった。

長老は「行くぞ」というように、ゆっくりと道を下ってゆく。

百瀬は固まった体を起こすと、どうにか立ち上がった。

「七十二時間の壁」と自分に言い聞かせた。

人命救助のタイムリミットと言われる七十二時間。亜子が行方不明になって、まだ十六時間だ。彼女は生きている。いったん役場に戻って捜索隊と合流し、手分けをして捜すべきだと考えた。里からさほどの距離を来ていなかった。電波が届く位置かもしれぬが、スマホも持たずに来てしまった。あわてたのがいけない。急がば回れ、である。

膝はがくがくしているが、痙攣はおさまっていた。時間をかけて少しずつ下りてゆくと、遠くに恩田の姿が見えた。

「先生!」

恩田は手を振っている。明るい声だ。

「大福さんは無事救助され、入院しました!」

とたん、百瀬はくずおれた。

体が震え始める。うずくまり、両手を交差して腕を握りしめる。が、震えは異常なほど激しくなってゆく。

駆けつけた恩田がブランケットで百瀬を包んだ。歯がガチガチと音を立てている。

恩田は百瀬の額に手を当て、「熱はない」とつぶやき、うずくまる百瀬の背をさすった。

「大福さんは百瀬先生の婚約者だそうですね」

震えが止まらない。

怖かった。

亜子がいなくなってしまうのが怖かった。亜子のいない世界を想像するのが怖かった。思えば今まで、怖いものがなかった。金も名誉も興味がない。家族もいない、家もない。失うものがなかったから、怖いもの知らずだった。

なんとお気楽な人生だったろうと、百瀬は思う。

弱くなってしまった自分に、人を救う力が残されているのだろうか？

恩田に支えられながら、ゆっくりと山を下りた。面倒をかけてしまい、すまない気持ちでいっぱいだったが、言葉が出てこない。

「うらやましいです」と恩田は言った。

「それほどまでに大切な人と出会えたのですから、あなたの人生は……」

恩田は言葉を見繕っているようであった。しっくりした言葉が見つからないようで、あきらめたように、「よいものですね」としめくくった。

平凡な言葉だ。

百瀬は「よいもの」という言葉を胸に刻んだ。

これから何が起ころうと、自分の人生は「よいもの」と決まったのだ。


里にたどりつくと、「念のために検査を受けてください」と言われて、亜子が入院している病院に連れて行かれた。外傷は打撲程度で、感染症の疑いもないが、過労と筋肉の炎症があり、ビタミン剤の点滴を受け、大量の湿布薬を出された。休養の必要ありと診断され、「働き方改革をなさい」と医師に強く諭された。

夕方、ようやく亜子に会うことができた。

白いベッドの上で半身を起こしていた亜子は、開口一番、言った。

「明日の金沢行きですけど、わたしは無理みたいです」

右足のギプスが痛々しかったが、頬は血色がよく、百瀬のほうがよほど病人のようであった。百瀬はまだめまいが残っており、スツールに腰をおろした。

「金沢はいつでも。大福さんが回復するまで待ちます」

亜子は「そうはいきません」と肩をすくめた。

「実はわたし、勝手に新婚旅行のつもりでいたので、金沢に宿をとってあったんです。内緒ですみません。こんなことになってしまったので、さっき電話をして、一週間延期してもらいました」

百瀬は驚いた。

「一週間で治るんですか？　骨折と聞いていますが」

「治りませんよ」亜子は微笑む。

「足の甲の骨折で、全治二ヵ月ですって。森林蔵さんの処置がよくて、手術の必要はなくなりましたが、保存療法は時間がかかるんですって」

「だったら」

亜子は百瀬をじっと見る。

「百瀬さん、過労だそうですね。昼間野呂さんがみえて、教えてくれました」

「野呂さんが？」

「わたしと百瀬さんの無事を確認して、すぐに事務所へ戻られました。最近顧問契約が増えて、息つく間もない忙しさだとおっしゃっていました。花粉一掃キャンペーンの宇野カツさんの顧問もしてるんですって？　経済的にはかつてないほど安定しているから、大福さんは骨を折るほど仕事しないで食わせてもらいなさい、なーんておっしゃって」

亜子は微笑んだ。

「わたしは三日間入院することになりました。そのあと一ヵ月は実家で療養します。母がさっきまでいてくれて、約束させられました。わたしはしっかり休むことにしましたよ」

百瀬は神妙に聞いている。

「百瀬さんにもすぐに休んでほしいのですけど、宇野カツさんの選挙の前日までは任務を全うしないと気がすまないと思ったので、金沢の宿を一週間後の選挙当日に取り直しました。選挙当日に顧問弁護士がすることはないと野呂さんに聞いたので。でも、日曜日って刑務所の面会はお休みですよね。その日は宿でゆっくり休養して、翌日おかあさんに会ってきてください」

「あの」

「そうそう、テヌーも連れて行ってくださいね」

「え？」

「その宿、猫宿って呼ばれているんです。宿のサイトに猫アレルギーの方はご遠慮くださいと書いてあります。猫を連れての宿泊が可能なんです。猫をあずかることもしてくれます。だから、翌朝はテヌーをあずけて、おかあさんに会えますよ」

「…………」

「今朝早く、直ちゃんがきてくれたんだけど、テヌーがあんまりご飯を食べないんですって。たぶん太郎シックだねって、ふたりで話し合ったんです」

「太郎シック？」

「まずは今日アパートに戻って、テヌーを抱きしめてあげてください。そして一週間気のすむまで働いたら、テヌーと一泊旅行をしてきてください。テヌーと一緒に心身ともに休めてきてください。おかあさんに会いに行くのはおまけ、って考えれば、きっとリラックスしてお熱も出ませんよ」

亜子は話し終えると、にっこり笑った。

百瀬はふーっとため息をついた。そしてもう一度、深く深くため息をつく。

「あなたはすごい」

亜子はどきっとした。「あなた」と言われるのは初めてだ。なにかこう、対等になった、という気がする。

百瀬は頭を下げた。

「ありがとうございます。あなたのおっしゃる通りにさせてもらいます」

亜子は提案を呑《の》んでもらえて安堵した。そして亜子も頭を下げた。

「こちらこそありがとうございます」

ふたりは同時に顔を上げ、見つめあった。

「わたしのために、ひとりで暗い山に飛び込んで行ったと、直ちゃんから聞きました」

百瀬は首を横に振る。

「効率の良い手段ではありませんでした。村長にも余計に面倒をかけてしまいました。あなたを助けてくださった森林蔵さんには感謝しかありません」

百瀬は思いを切るように立ち上がった。

「では一週間、働かせていただきます。大福さんはゆっくりお休みください」

百瀬は背を向け、出て行こうとした。

亜子は、もう行ってしまうのだという寂しさから、思わず声を掛けた。

「金沢行きの日、お熱が出ませんように」

百瀬は振り返った。

「熱は出ませんよ」

「え？」

百瀬ははにかむ。

「実をいうと、子どもみたいにはしゃいでいたんです。大福さんとの初めての旅ですからね。秋田行きのような失敗は繰り返しちゃいけないと、緊張もしていました。無事行けたとしても、途中でなにか粗相をしてしまわないかと心配する気持ちがあって、あれやこれやと考えているうちに熱が出てくるんです。だから今度は大丈夫。テヌーでは熱は出ません」

では、と言って百瀬は自信満々に出て行った。

亜子は喜ぶべきか否か複雑な心境でベッドに残された。

「これって、テヌーに勝ったのかな？　わたし、負けたのかな？　そうだ春美ちゃんに聞いてみよう」

亜子はスマホを手に文字を打ちながら、こんなにゆっくり過ごせるのはいつ以来だろう、と思った。

百瀬は金沢に着いた。

駅を出てほどなく河川敷《かせんじき》が見えた。草が生え、砂地もあり、澄んだ水が緩やかに流れている。

河川敷へ降りてキャリーバッグを草地に置き、ファスナーを全開する。三時間も狭い空間に閉じ込めていたので、歩かせてやりたかった。

テヌーは恐る恐る草の上に出てきた。神妙に地面を嗅ぎ回ると、悠然と伸びをする。気に入ったようだ。すっかりリラックスして、虫を追ったり、草をかじったりしている。

浅野《あさの》川という二級河川である。

国土交通省が管理しているのが一級河川、都道府県の管理下にあるのが二級河川である。人間が行政上の都合で一級二級と呼んでいるだけで、川の良《よ》し悪《あ》しとは無関係だ。

空がどこまでも広がる。ここから約五キロメートル上流に母がいる。

金沢刑務所に収監が決まった時、百瀬は驚いた。男性受刑者用の刑務所だからだ。明治時代に造られた五大監獄のひとつで、歴史がある。現在は犯罪傾向が進んだB級受刑者と、外国人のF級受刑者を収監している。川にも人にも「級」がある。

この世に生を享けた時、翠《みどり》と名付けられた母は、日本名を捨て、異国で生きていた。今はシュガー・ベネットという米国名で収監されており、刑期は三年である。外国籍だし、日本で初めて裁くことができた国際スパイなので、特別な扱いが必要と判断されたのだろう。万が一にでも脱獄されてはならない。だから、歴史ある金沢刑務所が選ばれたのだろう。

テヌーは砂地で足をふんばり、川の水を飲んでいる。落ちないよう、そばで見守る。飲み終わったテヌーは満足げに前足で顔を洗うと、地面を掻き始めた。ポチはこの仕草で千両箱を見つけたが、猫はこういう時、もよおしている。

百瀬はナップザックからひらたい紙箱を出し、蓋を開けた。そこには木製の猫砂が詰まっている。手作りの簡易トイレだ。

テヌーは地面を掻くのをやめ、猫砂に鼻をよせてくんくんと嗅いだ。トイレとわかったようで、その上に乗ろうとした。

「だっちゃかん！」

ダミ声と同時に、背後から手が伸びた。その手が箱をつかみ、ひっくり返し、猫砂を地面にばらまいてしまった。

振り返ると、鉤鼻《かぎばな》が目に入った。魔女的な顔つきの老婆がいて、こちらを睨んでいる。割烹着を着ており、片手に大きなビニール袋をひきずるように握っている。そこには空のペットボトルや空き缶が入っていた。川の清掃ボランティアのようだ。

「だらぶちっ」と老婆は毒づいた。

百瀬は学生時代に趣味で全国の方言を研究したので、「だっちゃかん」が「ダメ」、「だらぶち」が「ばかたれ」だと理解できた。つまり「ダメだ、ばかたれ」と叱られたのである。

「糞尿《ふんにょう》は持ち帰りますので」と弁明した。

持ち帰るために簡易トイレを持って来たのだ。河川敷を汚すつもりはないと、すみやかに誤解を解かねばならぬ。

が、そうしている間にテヌーは砂地に排尿してしまった。老婆が簡易トイレを奪ったので、砂地に直接してしまった。尿がしみたところへ、一生懸命砂をかけている。

猫の習性なのだが、悪行を隠蔽しているようにも見える。

「あの、これは」

テヌーの代わりに弁明しようとすると、老婆はにたっと笑った。百瀬にではない。テヌーにである。

「それで良し！　すっきりしたがやろう」

テヌーは機嫌良さそうに後足で耳の後ろを掻いている。

老婆は百瀬を見た。

「おあんさん、東京モンけ？」

「はい」

「コンクリとちごて、地面さんや。こんなちんまい生きモンのカリントやシッコくらい、食っちまうさけ」

「はあ」

「雨さ降る、風さ吹く、カリントもシッコもドザエモンもみんなみんな地面さんが食ってくださる」

老婆は、落ちている空き缶を拾った。

「地面さんも食えんこっちのほうがよほどマズがやろ？　せやのに人間はわんこにゃんこのカリントばっか拾い集めて、ほっこりせん」

ぶつくさ言いながら、ゆっくりと川上へと歩いて行った。

「ほっこりせん」は「感心しない」ということだ。

住宅街で犬を散歩させる時、大は拾って持ち帰る。小は用意した水でかけ流す。それがエチケットだ。しかし自然界では熊やイノシシの糞尿は大地に放置される。尿は大地の栄養となる。糞はほかの動物の食料になったり、果実の種が混じっていれば、そこから芽を出す。あとは風雨にさらされて地面に吸収され、いずれはすっかり消える。

アスファルトやコンクリートが自然の循環を断ち、窮屈なエチケットを生んでいるのだと百瀬は気づいた。

猫宿に着いた。

猫宿とはどこにも書いていない。百瀬法律事務所の黄色いドアに猫弁と書いていないのと同様、愛称のようだ。こぢんまりとした和風旅館で、古いが磨き込まれた床、手入れの行き届いた清潔な畳が疲れ切った百瀬を優しく迎えた。

部屋まで案内してくれた宿の女将《おかみ》は「おかめ」に似た顔で、百瀬のキャリーバッグを見て、「出しておあげなさい」と言った。テヌーが恐る恐る顔を出すと、強引に抱き上げて、「サビはいいわねえ。タイプだわ」とぎゅうっと抱きしめた。

ひとみしり傾向にあるテヌーは少し困った顔をしたが、黙って抱かれていた。猫はおせっかいが苦手だが、こういう、遠慮なしに愛のおもむくまま行動する人間に対しては寛容だ。言葉が通じなくても愛は伝わる。むしろ言葉を持たぬから、伝わるのかもしれない。

「脱走の恐れがない子でしたら、自由にしていただいてかまいませんよ」

女将は微笑んだ。

するっと「脱走」という言葉が出てくることから、ここは古くから刑務所に面会に訪れる人々のための宿なのかもしれない、と百瀬は思った。

各部屋から庭に出られる。庭には砂場があり、そこを猫のトイレとして自由に使ってよいと言う。定期的に清掃しているそうだ。

「お名前は？」

「百瀬太郎と申します」

女将は「それはもう聞きました」と言った。

「テヌーと言います」

「じゃあ、てぬちゃん、ごゆっくり。お夕飯は六時頃、こちらにお持ちしますね」

女将は出て行った。

さっきの老婆といい、女将といい、猫に優しい街だなと思う。この街で弁護士をやったら猫の訴訟なんて起こらず、「猫弁」と呼ばれることもなかっただろう。

さて、夕飯まであと二時間もある。

百瀬はスマホを手にした。無事に着いたと亜子にメールをしようと思ったが、あまりにもまぶたが重たい。少しだけ休もうと思い、座布団を枕にして横になった。スーツではなく、シャツとチノパンだ。裁判ではスーツ姿で母の前に立った。今度は息子として会うと決めた。

テヌーが腹の上に乗った。意識が途絶えた。

握りしめていたスマホが震えて、目が覚めた。佐々木学からだ。

「落選です」

百瀬は驚いて時計を見た。八時十七分。四時間も寝てしまった。開票が始まって十七分経過。もう結果が出たのか。

「桃川いずみに当確が出ました。百瀬先生はよくやってくれた、感謝を伝えてくれと、宇野先生がおっしゃっています。申し訳ありませんが、報酬金は払えません」

選挙対策本部は取材が入りバタバタしているらしく、ぷつっと電話は切れた。

座卓の上には漆塗りの大きな弁当箱が置いてあり、和紙に「よくお休みになっていたので、幕の内弁当にいたしました」と書いてある。

体にブランケットがかかっていた。だから心地よく眠れたのだ。テヌー用には畳に陶器が置いてあり、キャットフードが残っている。テヌーはおなかいっぱい食べたあとらしく、座布団の上で丸くなっている。

猫に優しい宿は人にも優しい。

百瀬は弁当箱の蓋を取った。色とりどりの野菜や海の幸がたっぷりと詰まった賑やかな弁当だ。ひとくちめがうまい。ふたくちめは腹に染みるほどうまい。ひとりではもったいない。亜子にも食べさせたかったと、残念に思う。

宇野勝子が議席を失った。

彼女は今後、どうするのだろう？

彼女の人生を「よいもの」とするのは彼女自身だが、手伝うことはできる。自分にできることは、まだあるはずだ。

東京に戻ったら、あることを伝えようと腹を決めた。

息が上がり、宇野勝子はしゃがみこんだ。

こんなにキツいとは。

水筒から水を飲み、息が整うのを待つ。にじみ出る汗がこめかみを伝う。足には真新しいトレッキングシューズ。初めて履く靴だ。

えいっと立ち上がり、前を向く。急な斜面。ふぞろいな木の根の階段を一歩、また一歩と登ってゆく。

議席を失った。家も職も失った。

選挙対策本部を閉じた時、古井とカエ、そして佐々木学に金一封を渡し、謝辞とともに、宇野勝子事務所を閉じること、この先のことは自分で決めて欲しいこと、移りたい事務所があれば推薦状を書く旨を伝えた。自分は選挙の疲れを取るため、一週間ほど温泉に浸かってくると伝えた。

議席を失った。家も職も失った。日常も野心も消えた。

悲しみよりも、肩の荷を下ろした安堵が勝る。

朝起きて、やらねばならないことがないと気づいた瞬間、やりたいことが頭に浮かんだ。

大杉を見に行こう、と。

長年、ねばならないことばかりしてきた気がする。久しぶりの自由を手に入れた。

選挙運動中に百瀬弁護士から送られてきた大杉の画像。すべてを失ったと思ったが、このすばらしい杉は自分のものなのだ。画像を貼り付けた百瀬のメールには「宇野先生にお見せしたかった」と書いてあった。

街頭演説の合間にこのメールを目にした時、「わたしは落ちるのだな」と悟った。少なくとも百瀬弁護士はそれを予感して、「お見せしたかった」と過去形でメールを打ったのだろう。大杉を見ることなく、この山を支配しようとしたら、それが叶うわけがない。勝子にもそれくらいの分別はあった。

大杉を見ようと決めて、百瀬に場所の確認をした。「見に行けないけど、せめて地図上の位置を知りたい」と嘘をつき、教えてもらった。男でも登るのがたいへんな山道と聞いたので、トレッキングシューズを購入した。動きやすい服装、方位磁石、水筒を準備し、カエたちにも内緒でひとり大杉を目指した。

大杉を見る。それだけ。たどり着くことだけを考えた。

息が切れそうになる。ほんとうに、なかなかの道だ。

ふたたび休む。水を飲む。水筒が空《から》になった。雲が厚くなり、陽が遮られる。寒い。ふと、不安に支配されそうになる。

「おかあさん……」

声に出すと、なんだかほっとした。

勝子は立ち上がり、前を見た。一歩、一歩だ。

尊敬する父の背中を見ながら生きてきた。父はいつも正しく、「生きる指針」であった。しかし、不安を感じた時に口からこぼれるのはいつも「おかあさん」であった。古井もカエも知らないが、二階の自分の部屋で、勝子は幾度となくおまじないのようにつぶやいている。

母はいつも笑顔で、くるくるとよく働いた。よくおはぎやかりんとうを作ってくれた。父は甘党なくせに西洋菓子を「体によくない」と思い込んでおり、だから誕生日もクリスマスもケーキは無しで、その代わり母は和菓子屋が開けるほどの腕を持っていた。いつか自分は母のような「完璧なおかあさん」になるのだと、幼い頃は思っていた。

自分にも幼い頃はあったのだ、と勝子は思う。鞠《まり》のように太っていたが、心は乙女だった。

母が突然いなくなり、乙女に残されたのは「生きる指針」だけになった。父の背中を見ながら道をなぞるように歩いてきた。乙女は徐々に消え、鉄の女と呼ばれるようになった。結婚も出産も時期を逃した。誰かの妻になり、誰かの母になる道はもうない。子どものいない人生を想像していなかった。

ガクッと膝が落ちた。もう一歩も無理だ。

水筒は……空だ。

自分はなぜ食料も防寒具も持ってこなかったのだろう？

リュックを背負えばその重さが体力を奪う。大杉を見ることだけを考えれば、身軽な方がいいと考えた。でも、じゃあ帰りはどうする？　どうするつもりだった？

木の根にぬかずく。息が荒い。ここが最期の場所になるのだろうか。カエたちが「連絡がとれない」と騒ぎ出すのは一週間後だから、結論は出ている。

富士の樹海で骨となった人たちも、死のうと思って樹海へ飛び込んだわけではないのかもしれない。帰る準備に手を抜いただけ。生きるための備えを放棄しただけなのではないか。

一週間後、「落選した衆議院議員が自殺」のニュースが流れるだろうが、これは自殺ではない。最後の夢だと勝子は自分に言い聞かせる。

ふっふっふう、ふっふっふう。いつだったかテレビで見たラマーズ法みたいだ。産む予定もないのに、やってみたことがある。

ふっふっふう。ふう、ふう、ふう。

息がしだいに整ってくると、まだあと少しは進めるかもと欲が出る。背中にあたたかさを感じた。顔を上げると、陽が差している。雲が晴れ、杉の葉の間を無数の陽が差し込んでくる。一歩、あと一歩、もう一歩だ。

すると前方にうっすらと見えた。

大杉だ。

太い立派な幹肌が天に届くほど上へと続き、豊かな葉の間から光が差している。

まるで光明のようだ。

神仏の背後から発せられる光明。仏教では慈悲や知恵を表すと言われているが、勝子には「希望」に見えた。

勝子は這《は》った。木の根を握りしめながら、少しでも近づきたいと、前へ進む。まだ遠い。もっと近くに、もっと大杉を感じたい。大杉から遠く張り出した根をつかんでは進む。しだいに空へ昇っていくような感覚にとらわれる。

これは蜘蛛の糸なのだ。

上へ。上へ。死ぬためじゃない、生きるためにあそこへ行くのだ。上へ。上へ。

「よく来た」

突然、低い声が耳に響いた。

見ると、大杉の根っこにひとりの男が座っており、こちらを見下ろしている。肩にはニホンザルがいて、やはりこちらを見ている。

勝子は半身を起こした。

森林蔵だ。

不思議と緊張は感じない。奇妙なことだが、森林蔵の目が微笑んでいるように見えるのだ。まるでキリストのようだ。森林蔵が背にしている大杉が十字架に見え、そこから光明が差している。

しずかな時間が流れた。

キリストに許しを乞うように、勝子は言った。

「選挙に負けました」

キョロロロロ……。野鳥が勝どきを上げた。

「杉の伐採はしませんので、ご安心ください」

森林蔵は膝に肘を置き、頬杖をついている。うれしそうではない。怒っているようでもない。野鳥がさえずり、風により葉がざわめく。

しずかなしずかな時間が流れてゆく。勝子にはやさしい時間に思えた。やるだけやって、負けた。後悔はない。思えば、自分は固く結ばれた紐であった。硬いコブのような結び目であった。それがようやくほどけた。長年の皺《しわ》が取れず、美しくはないけれども、やっとひとすじの紐になれた、そんな気がした。

森林蔵は言った。

「あんた、何をしたかった？」

森林蔵は澄み切った瞳でこちらを見ている。

「花粉症の人が春を心地よく迎えられるようにしたかった」

「で、どうする？」

勝子は黙った。どうするもなにも、もう終わったことだ。

「良い手を教えてやろうか」

森林蔵は微笑む。

「アスファルトをはがせ」

勝子は驚いた。

「アスファルトをはがせば、花粉症は消える」

「…………」

「都会にいるならまずそれをやれ」

「…………」

「山に来るなら、別の手を教えてやる」

「え？」

「どうだ、山に来るか？」

勝子は言葉が見つからず、なにやら涙が出てきた。あたたかい涙だ。涙は止まらない。

森林蔵の背から放たれる光明がまぶし過ぎるのかもしれない。

蜘蛛の糸をたどってきたら、課題が提示された。

まだ終わってないよと、明日が提示された。

それは苦役なのか希望なのかわからない。希望に苦役はつきものだから。

森林蔵は何かを放った。勝子は必死でそれを受け止めた。竹筒だ。中にたっぷりと水が入っている。続けてもうひとつ放られた。一枚の板チョコである。

「あの」

顔を上げると、森林蔵は消えていた。


面会申込書に記入を済ませ、百瀬は待合室のソファに座った。

真夏の病院のように、待つ人はまばらだ。

膝の上で拳をにぎりしめた。刑務作業中だったら待たされるだろうし、本人が拒否する場合もある。

弁護士として留置場や拘置所に面会に行くことはあるが、刑が確定した受刑者がいる刑務所には数回しか行ったことがなく、ましてや家族として面会を希望するのは初めてである。緊張する。スーツに弁護士バッジをつけてくればよかった。依頼人との面会だと思えばこんなにドキドキしないだろう。落ち着け、落ち着け。待たされた時間を心の準備に当てるのだ。

呆気ないほどすぐに呼ばれた。準備が整わないまま職員に誘導されて長い廊下を歩く。

母に拒否されなかった。

七歳で青い鳥こども園に預けられ、母が迎えに来るのを待ち続けた年月を思えば、五分と待たずに会えるなんて夢のようで、子どもの頃の自分に「ごめんな」と言いたくなる。

案内された面会室は、寒々しいブルーグレーの壁で、気持ちを冷やすのにちょうどよかった。座ってアクリル板を見つめる。向こう側にはまだ誰もおらず、自分の姿だけがぼんやりと映っている。髪があちこちを向いている。いつものことだが、今日は気になる。くせ毛を気に病んだことはなかったが、今日は気に病む。今さら遅いが、髪を手でひっぱってみる。どうにもならない。

いきなり向こうのドアが開き、刑務官に伴われて、母が現れた。

パッと花が開いたように、その場が華やかになった。白くたっぷりとした髪のせいかもしれない。目の青さのせいかもしれない。

アクリル板の向こうに座った母の青い目がこちらを見た。

一瞬、隠れたくなったが、すぐに心地良くなった。百瀬の目には、黒い瞳に黒い髪の昔の母の姿が見えていた。

アクリル板は消え、アメリカの家のリビングにふたりはいた。そして自分はいつの間にか七歳になってしまった。

お昼はパンケーキでいい？　うん。

そんな会話をしている気分になった。

「あと二十分」

刑務官の声に我に返った。十分近く経過してしまった。何も話さずにただ見つめ合うだけに時間が消費された。贅沢な消費だ。百瀬は満たされていた。すべてが埋め合わされ、人生の目的が達成されたような満足があった。

ただ、会いにくれば良かったのだ。

なにを怖気付《おじけづ》いていたのだろう。言葉など要らない、同じ空間にいるだけ。それでいいのが、家族というものなのだ。

母がしゃべった。

「結婚するんですって？」

ずっと聞いていたいような、深い声だ。

「大福さんから手紙を貰ったわ」

母の声は聞こえるのだが、頭で理解できない。なにかこちらもしゃべらなければならない、とあせる。用意してきた言葉があるのだが、口から出たのは違うものだった。

「不自由はありませんか？」

母は笑いをこらえるような顔をして、刑務官を見た。刑務官は呆れたように肩をすくめる。

母はおかしそうに百瀬を見つめた。

「壁の向こうに出られないという不自由はあるけど、快適よ。こんなにたっぷり睡眠を取るのはひさしぶりだから」

刑務所が安息の地なのだ。それだけすさまじい人生を送ってきたのだろう。たったひとりの息子を手放さねばならぬほどの過酷な人生。言いたいことがあるのだが、どうも口がうまく働かない。

「刑務作業はどうしていますか？」

さきほどよりはマシな質問になった。

「美容師資格を取るための職業訓練を受けている」

意外な答えに百瀬は驚いた。電子機器とか、建築設計を選ぶと思っていた。刑務所での暮らしを、あれこれと想像していた自分に気づく。ずっと気になっていたのだ。ずっと母のことが頭にあった。

「結婚式にはあなたとお嫁さんの髪を整えてあげるわ」

いかにも母親らしい言葉に、百瀬はとまどった。本当に母だろうかと、不安にもなる。言いたいことがあるのだが、口に出せない。

「法律が好き？」

突然の質問に、百瀬はとっさに答えられない。正直に答えようと言葉を探すが、好きとは違うような気がする。嫌いではない。それは確かだ。完全だとも思っていないが、よすがにしている。そうだ、よすがだ。答えようとすると、母がさらに問うた。

「法律は、守らねばならぬもの？」

それならば答えは持っている。百瀬は胸をはって答えようとした。

「法を守らねばならないのは」

「為政者」と母が言った。

百瀬はくすっと笑った。

懐かしい。母はよく幼い息子に質問をして、息子が答えるのを待たずに答えを言ってしまうのだ。母は、せっかちなのだ。髪が白くなり、目が青くなっても、せっかちは変わらない。

百瀬は深くうなずいた。

「そうです。法は民をしばるものではない。為政者の暴挙を許さぬためにあります。民は為政者に支配されがちです。だから為政者をしばるものが必要です。それが法です。ですから三権は分立しなければならないし、法は民を守るものだし、そうあらねばならないと思っています」

言いながら百瀬は気づいた。

「ぼくは法律が好きです」

「そろそろだ」

刑務官の声に、百瀬はあせった。用意してきた言葉を言わなくては。言おうと思うと、カアッと頭に血が上り、唇が震える。

「しっかりなさい」と母は言った。

そんなことを言われても、三十年以上も会っていないのだ、普通に話すことなんてできない。百瀬は唇を噛み締めた。

母はくすりと笑った。

「たびたび会っていたのに」

「時間だ」と刑務官は言った。

ドアが開かれ、母は立ち上がり、百瀬に背を向けた。

百瀬はぞっとした。また消えてしまうと思った。だから叫んだ。

「おかあさん！」

母は振り返り、からかうような目をして、「犬も歩けば」とつぶやいた。

はっと息を飲む間に、ドアは閉まり、母は消えた。

心臓がバクバクし、しばらく放心状態で突っ立っていたが、職員に促されて面会室を出た。長い廊下を戻る途中で立ち止まり、上を見る。

「たびたび会っていた」

「犬も歩けば」

百瀬は「あっ」と小さく叫び、口を押さえた。押さえないと、うわあっと叫びそうだった。

小四の春、小学校の授業で「犬も歩けば棒に当たる」の意味を尋ねた教師がいた。度の強いめがねをかけた女性だった。

あれは、母だったのか？

変装していたのか？

母はたびたびと言った。一度ではないのだ。いったいいつ、どのようにして、会っていたのだろう。息子を案じて、そっと見守ってくれていたのだろうか。

なんということだ。自分はひとりじゃなかった。ずっと母と生きてきたのだ。絵本『ウォーリーをさがせ！』のように、自分の人生のそこかしこに、そう、風景に紛れるように、母がいたのだ。

刑務所内の売店に寄ってみた。

昔のタバコ屋のような小さな店構えだ。ここで購入したものなら差し入れが許される。母にふさわしいものをと探したが、鉛筆やボールペンは素っ気ないし、Tシャツや下着や靴下、髭剃《ひげそ》りやら石鹸《せっけん》など、男性受刑者向けのものばかりで、手に取る気にもなれない。あきらめかけたら、「ここはしみるがや」と声がかかった。

顔を上げると、鉤鼻が目に入る。川の清掃ボランティアをしていた老婆だ。所内で売店を営んでいるのだ。

「しみる」は「凍る」の意だ。

「金沢監獄は飯はうまいが、冬はえれえしみるさかい、靴下を何枚も穿かんと眠れんちゃ」

老婆は厚手の男物の靴下を掲げてみせた。寒いのだから、たくさんあったほうがいいだろう。

「そちらを五足お願いします」

金を払うと、ノートを差し出され、受刑者の名前を記入しろと言う。明日には本人に渡されるのだそうだ。

Sugar Bennett と書いた。続柄に「息子」と書いた。誇らしい気持ちだ。

「おしずかに」と言われた。「お気をつけて」の意だ。

刑務所の門をくぐり、外へ出て、振り返る。高い壁を見上げながら、用意してきた言葉をつぶやく。

「生きていてくれて、ありがとう」

佐々木学はファイルの束を見せ、「これはどうしますか?」と宇野勝子に尋ねた。

「シュレッダーにかけてちょうだい」

割烹着を身にまとった勝子は、事務所のデスクを雑巾で磨いている。

佐々木は心の中で舌打ちをする。

すっかりそこらのおばちゃんじゃないか。もっと見込みがあると思ったのに。

鉄の女として大ブレイクするはずだった。自分は鉄の女を盾にして、この国でのし上がってゆくつもりだった。がっかりだ。雑巾なんて持たないでくれ。

「そのデスクは粗大ゴミとして処分する予定です。磨く意味ありますか？」

勝子は手を止めない。

「今までご苦労様でしたと、お礼を言っているの。ぴかぴかにして、お別れしたいのよ」

浪花節《なにわぶし》かよ！　佐々木はイラつき、リアルに舌打ちをしてしまった。

古井は何も言わずに淡々と書類を整理しており、カエも無言で片付けに余念がない。

ふたりの落ち着きも、佐々木にはしゃくにさわる。

古井はひ孫の成長を楽しみに余生を送るらしい。カエは高台にある緑豊かな高齢者施設に入るそうだ。事務所の守り神のように長く生きた五葉松の盆栽はカエが引き取ることとなった。勝子の父勝三のもと、良い時代を生きたふたり。後期高齢者はどれだけお気楽なんだ、と苦々しく思う。自分は若く、まだ人生はたっぷりとあり、ここでの躓きが残りの人生に長く響いてしまう。

勝子は、人手を欲しがっている参議院議員の事務所を紹介してくれた。民自党だから安泰だと勧めてくれた。一昨日、そこへ面接に行った。秘書のひとりに「すぐにでも来なさい」と言われたが、大規模な事務所だし、与党だし、与党には派閥があるし、二重にも三重にも集合体に囲われる。その事務所内にいる人間はみんな似たような服を着て、同じお面をつけたような顔をしていた。同調圧力が半端ではない気がして、契約を躊躇して帰ってきてしまった。親友も口には出さないが「お前には務まらないよ」と思っているらしい。そんな目をしている。

佐々木は自分の不器用さを自覚している。

親友はカメレオンで、彼女もいない。飲み会も苦手。こんないびつな若造を優秀と認め、頼ってくれたのは、宇野勝子事務所くらいなものだと、今では思う。

勝子は選挙に敗れて、事務所を閉じる。自宅兼事務所を抵当に広大な杉林を買ってしまった挙げ句無職になったのだから、そうするしかないのは理解できる。できるが、「ぼくをどうしてくれるんだ」とだだをこねたい気分だ。

ピンポーン、と呼び鈴が鳴った。

勝子と古井とカエは、いっせいに佐々木を見た。出ろ、ということらしい。

佐々木はファイルを放り投げ、不機嫌全開な顔でドアを開けた。

一瞬、なにがなんだかわからなかった。

「ほよ？」と妙な声が出た。とにかく、まぶしいのだ。

美しい女性が立っている。見覚えのある女性だ。賢そうな額、大きな瞳、ほどよくウエーブのかかったショートボブ、フェミニンなブランドもののスーツを着て、左の襟には議員バッジが光っている。

「桃川いずみと申します」

佐々木の鼻先にふわあっとよい香りが広がった。

宇野勝子は割烹着を脱ぎ、椅子を桃川いずみに勧めたが、固辞された。カエがあわただしく段ボール箱を開け、やかんを探したが、「おかまいなく」と桃川いずみは言う。

勝子は右手を差し出した。

「衆議院議員当選おめでとう」

言ったあと、手が汚れていることに気づき、引っ込めようとすると、桃川いずみは両手で勝子の手を握りしめた。

「宇野先生にたいへん感銘を受けました」

事務所内はしいんとした。

「花粉一掃キャンペーンは衝撃的でした」

桃川いずみは強く握りしめたまま、勝子の手を放さない。

「独創的な発想、それでいて筋が通っています。シンプルかつ大胆。宇野先生の政治家としての姿勢に脱帽しました」

「あなたの公約もすばらしいわ。女性が活躍できる社会」

「ええ、わたしの公約は多くの人の心をつかみます。多くの人がすでに願っていることだからです。発明でも提案でもありません」

桃川いずみは一歩前へ出た。

「わたしは先生と一緒に政治がしたい。先生の運動にわたしも加わらせてください」

勝子はそっと手を放し、しずかに「ありがとう」と言った。

「あなたはあなたの公約を果たさねばならない。選挙であなたに一票を投じた人への責任がある」

「わかっています、わかっていますが」

「あなたの気持ちはとてもとてもうれしいわ」

勝子の言葉には「これ以上言っても無駄よ」の意が滲んでいる。

桃川いずみは諦めきれない顔をして事務所を見回すと、「お引っ越しですか？」と尋ねた。二世議員がたった一度選挙に落ちたくらいで事務所を閉じるとは思っていないようだ。

「ええ、引っ越すの」

勝子は微笑む。

「引っ越しが済んだら、挨拶状を送るわ。お暇な時に遊びにきてね」

桃川いずみが帰ったあと、粗大ゴミになる予定のデスクに彼女が持ってきた高級シュークリームの箱が残された。

「びっくりしました」

佐々木はすっかりたまげてしまい、断りもなく箱を開けると、シュークリームを摑んで口に運んだ。極上のクリームが口の中に広がる。

「思えばここに来てから、びっくりすることばかりでした」

佐々木は妙に素直な気持ちになっていた。ライバル桃川いずみにわがボス宇野勝子が褒められて、言いようのない満足が胸を満たしていた。さきほどまでの憂鬱はどこへやらだ。

「そう言えば先生、自宅を引き払って、どこへ引っ越すのですか?」

「それより佐々木、あなた加藤先生の事務所と契約しなかったんですって」

「あれは……その……」

「ここよりお給料はいいはずよ。加藤先生は閣僚経験者だし、良い条件じゃないの」

「だって、第八秘書ですよ」

「なにを贅沢言ってるの。佐々木は若いのだから、八からのスタートでいいじゃない。十年も勤めれば実力次第で第三くらいにはなれる。何が不服よ?」

「加藤先生は七十ですよ。じじいです。十年先は死んでるかも」と佐々木は言った。

事務所内はしーんとした。

古井もカエも七十五を過ぎている。五年で死ぬかもしれない計算になる。佐々木の若さゆえの失言に、勝子は呆れ顔だ。

佐々木は自分の失言には気づかず、心の中でつぶやいた。

あなたのところがいいのです、と。

鉄の女ともっと働きたかった、と。

ピンポーン、と再び呼び鈴が鳴る。

「ぼくが出ます！」

佐々木は勢いよく走って行き、ドアを開けた。

まぶしさは微塵《みじん》もなく、むさくるしい頭の弁護士が立っていた。

「百瀬先生……」

百瀬は入るなり室内を見回して「ずいぶんと片付きましたね」と言った。

古井は「今はやりの断捨離ですよ」と言った。

古井もカエも事務所を閉じた解放感もあって、やわらかな表情をしている。

「その節はお世話になりました」

「遭難したと聞いた時はびっくりしましたよ」などとほがらかに話す。

ひとしきり挨拶を終えると、百瀬は勝子を見た。

「実は宇野先生に寄付をしたいという方がおられまして」

勝子は微笑んだ。

「ありがたいことですが、見ての通り、事務所は閉じました」

百瀬はうなずく。

「ええ。そもそも、政治家個人への現金の寄付は禁じられていますし、後援会や政治団体に対する寄付も百五十万円以下と定められています。それ以上は無理だとその方に説明しました」

佐々木は「大口の寄付ですか？」と尋ねた。

「一億です」と百瀬は言った。

事務所内は静まり返った。

佐々木は顔を紅潮させて百瀬に近づく。

「どなたです？　ぜひ会わせてください。合法的に受け取る方法を探ってみます。たとえばその金でこの建物を購入してもらい、家賃を免除してもらって、えっとそれから、何かいい手があるはずだ」

「佐々木！」勝子は遮った。

「寄付は受け取れません。丁重にお断りしてください」

「でも、会うだけでも。ここはあと三日は使えますよね」と佐々木はねばる。

「残念ですが、こちらにはお連れできないのです」と百瀬は言った。

カエは涙ぐむ。

「支援したいという人がいる中、惜しまれて辞めるというのはある意味理想的ですねえ」

百瀬は勝子を見る。

「宇野先生、こちらから会いに行きませんか？」

「わたしが？」

「はい。先生の口から直接お断りされたほうがいいと思いまして。そう遠くはないんです。同じ新宿区ですから。ご案内します」

「いってらしたら？」とカエは言う。

「選挙活動で先生が訴えたことに期待をして投じてくれた一票には、政治家としての責任があります。応援してくださってありがとうと、お伝えして来てください」


勝子が連れて行かれたのは、赤い屋根にモスピンク色の煙突が愛らしいこぢんまりとした平屋の家であった。表札の苗字を目にした途端、勝子は体の芯に電流が走るような衝撃を受けた。小高。失踪した母の旧姓である。

「いるんですか？」声が震えた。

「いらっしゃいます」と百瀬は言う。

勝子は首を横に振り、「中には入れない」と後ずさる。

百瀬はうなずく。

「今日は場所だけでもお伝えできたらと思いまして。会いたいというお気持ちになったら、いらしてください」

「……………」

百瀬は「少し歩きましょうか」と言った。勝子は動けない。あまりのことにふらつき、門にしがみつく。

百瀬は勝子に寄り添い、腰の高さのブロック塀に勝子を座らせ、門柱が背もたれになるよう、楽な姿勢を取らせた。幸い人通りの少ない路地である。百瀬も並んで座った。

「お話ししておかねばならないことがあります。実は、小高さんは宇野先生のことを覚えていないのです」

「どういう……ことですか？」

「解離性健忘です。ところどころ記憶がありません」

「記憶障害ということ？」

「はい。日常生活はしっかりしています。判断力や短期記憶は全く衰えていません。解離性健忘は強いストレスにより引き起こされるそうです。小高さんは二年前に飼っていた犬を亡くしましたが、その犬のことも覚えてらっしゃらない」

勝子は険しい気持ちになった。

「家族を捨てて、犬を飼っていたんですか」

「家族を捨てたのではなく、解離性遁走《とんそう》だったんです」

「解離性遁走？」

「はい。突然、家族や仕事を放置して姿を消す。全国で毎年何件かそういう事例があるのです。蒸発や失踪というニュースを耳にしますよね。その中には意志を持って家を出た人もいれば、小高さんのように解離性遁走による家出もあります。小高さんの場合、おそらくそれが最初の発症だったと思われます」

勝子は、突然母がいなくなった日のことを思い出す。

生き生きと存在していた母の突然の失踪。小学生だった勝子は混乱した。

母はよくホットミルクを作ってくれた。

手渡されたホットミルクを受け取ると、マグカップの取っ手がはずれて、熱くて重たいマグカップが足を直撃し、骨は折れ、皮膚がただれ、あまりの痛みに叫んで目を覚ます。当時、そんな夢を何度か見た。それくらい強烈なショックを受けたのだ。一番の味方である母に、後遺症が残るほどの傷を負わされた。

悲しみと不条理。忘れることなどできない。

母は、生き生きと家事をし、てきぱきと事務所を仕切っていた。父の後援者から愛され、スタッフから愛され、娘の勝子から愛されていた。なのになぜ。母は美しく、父は不細工だった。母には愛人がいてかけおちしたのだ、と推測もした。不細工な父に似た娘を捨てたのだと。なのに「忘れてしまった」だなんて。

「わたしたち家族が母にとってストレスだったということですか？」

「わたしはそうは思いません」と百瀬は言った。

「おそらく小高さんは誰よりも夫を愛し、尊敬もし、だから政治活動を心から応援していた。娘のあなたを愛し、大切に育てていた。愛する家族のために完璧に妻と母親をやろうとして、あまりに優秀なので、できてしまった。でもそこに小高トモエさんはいなかった」

「母がいない？」

「妻になり、母になる前に、小高さんにだって幼少期があり、少女時代があり、二十代があった。結婚前のトモエさんは、登山が好きで、動物が大好きな活発な女性だったそうです。自分らしくのびのびと喜怒哀楽を感じていたトモエさんは、結婚して家族を思うあまりに、いつのまにか自分がゼロになってしまった。トモエさんは愛に溢《あふ》れた人で、情が深すぎるのでしょう。心が悲鳴をあげたのかもしれません」

「………」

「失踪したトモエさんは、学生時代によく通った大菩薩嶺《だいぼさつれい》の山小屋にいたそうです。軽装なので不審に思われて、保護されたそうです。山小屋の記録に残っていました。その時一時的に入院した病院にも記録が残っています。夫と連絡がつき身元が判明したと記録にあります。おとうさまの宇野勝三さんはこのことをすべてご存知で、医者とも相談し、愛する妻を解放するために離婚を決意したのではないでしょうか。事務所や家に戻してはいけないと判断したのではないでしょうか。古井さんもカエさんもこのことを知りません。精神的な病なので、当時の感覚としては、周囲に伝えにくかったのでしょう。だからおとうさまは自分の胸にしまったのではないでしょうか。解離性健忘は誰にでも起こりうることなのですが」

「そうなんですか？」

「実はわたしも、七歳の時に母と別れたのですが、ショックで母の顔を忘れてしまいました。母との生活も長い間思い出せなかった」

「今は？」

「思い出しています。でも、少しずつです。すぐにすべてをというわけではありません。長年の痛みを癒《いや》すにはそれなりの時間が必要なのでしょう」

「そうだったんですか……先生も……」

「おかあさまのことは、おとうさまがひとりで引き受けた。それは事実です。わたしはある埋蔵物の届出を依頼されて以来、トモエさんに財産管理を任されています。お預かりした登記簿によると、離婚時におとうさまは財産分与としてこの家を与えたようです。おまけまで付けて」

「おまけ？」

「庭から千両箱が出てきたのです」

「埋蔵物？」

「ええ。二ヵ月前に発見されました。国は文化財に指定したので、報償金が支払われます。埋蔵物の所有者が見つからない場合、報償金は土地所有者であるおかあさまのものになります。埋蔵物の所有者は名乗り出ないでしょう。おとうさまですから」

「父が……」

「宇野家は江戸時代名主をしていました。身分は百姓でしたが、年貢を取りまとめる豪農だったようです。おそらく先祖代々伝わる家宝をおとうさまが保管していた。その家宝を庭に埋めて、この家をおかあさまにプレゼントした」

「彼女は……母はそのことを知らないんですね」

百瀬はうなずく。

「解離性健忘の治療方法は今も確立されていないそうです。事実を知らせると、ストレスになりかねない。解離性遁走の原因となったストレス源には近づけないほうがよいのではと専門家に言われました。ですから宇野先生の事務所にはお連れできないし、宇野先生が娘さんだということも伝えていません。無理に思い出さないほうが良いのかもしれません。ただ……」

「ただ？」

「自分を失うほど愛した家族のことを忘れたままでいるのは、もったいない気もするのです。千両箱が埋まったままの庭と同じです。おとうさまは千両箱を埋める時、いつか気づいてほしいと願ったのではないでしょうか。自分のことも娘のことも思い出してくれたらと、願ったのではないでしょうか」

勝子は混乱していた。いきなりの母の出現。百瀬の言葉はおだやかで、ゆっくりとだが沁《し》みてくる。これは悪いことではないのだ。過去は明るい色に塗り替えられ、未来はよいほうへ向かうのだと、教えてくれているのだ。それだけは感じる。

「一億というのはその千両箱の報償金ですね？ それをわたしに寄付したいってどういうことですか？ 母は娘の存在を忘れてしまったのでしょう？」

「百瀬先生？」と、声がかかった。

見ると、玄関のドアが開き、トモエが顔を覗かせている。

「百瀬先生、そんなところで何をしていらっしゃるの？ 今日はお見えになる日でしたっけ？」

百瀬は立ち上がり、「いいえ、ちょっと通りかかったものですから」と言った。

「お連れがいるの？」

勝子はこわばった表情で、おそるおそる立ち上がった。

「あら！」

トモエは驚いて、玄関を飛び出して駆けてきた。門を開けて勝子に近づくと、あらあら、と頬を紅潮させた。

「あなた、宇野カツさんね？ 宇野勝子先生でしょう？ テレビで見ました。杉を伐って伐って伐りまくるっていう、あの演説。わたしね、胸がいっぱいになって、なぜかしら涙が出てきたんです。あなたはすばらしいわ。ご立派です。あなたに夢を託して一票を入れました」

トモエは勝子の手をつかんだ。

勝子の全身に緊張が走る。トモエ自身も何か思うところがあったようで、結ばれた手を見て、言葉に詰まっている。ふたりはしばらくそのまま動けなかった。

手を通じて封印された記憶が蘇るのだろうか。百瀬は固唾を飲んで見守った。

「いい匂い」と勝子はつぶやいた。

トモエははっと我に返り、微笑む。

「ちょうどシフォンケーキが焼けたところなの。うまくできたのよ。ぜひ召し上がってくださいな。それから、百瀬先生から聞いたかもしれないけど、お話がありますの。ね、あがってらして」

トモエは勝子の腕をつかみ、家の中へと誘《いざな》った。

バターとバニラエッセンスの香りが漂う中、勝子と百瀬はリビングに通された。

ポチは尻尾をゆさゆさ振ってうれしそうにふたりを迎えた。

ふんわりとやわらかく焼きあがったシフォンケーキはやさしい色をしている。トモエの白くふくよかな手で器用に切り分けられ、品の良いウェッジウッドのケーキ皿に置かれた。

茶漉《ちゃこ》しを使って粉雪のようなシュガーパウダーがかけられる。

「めしあがれ」

勝子はフォークでひとくちめを口に運び、なんとも言えない顔をした。百瀬はひとくち食べて「うまい」と感嘆した。トモエは紅茶をそれぞれのカップに注ぎながら何も言わずに微笑んでいる。勝子はもくもくと食べ続けた。

「おかわりはいかが？」

「いただきます」と、少女のように皿を差し出す。

ふたつめを食べながら、勝子は言った。

「わたしの母は和菓子が得意だったんです」

トモエは微笑む。

「立派なおかあさまね。和菓子は素材選びでずいぶんと味が変わってしまうんですよ。わたしはいいかげんな性格だから、気軽に作れる西洋菓子ばかり作るの。ケーキって見た目も素敵でしょ。乙女心にきゅん、とこない？」

勝子は潤んだ瞳で、「きゅん、ときます」と言った。涙をこぼさないよう、堪《こら》えているように百瀬には見えた。

トモエは自分も座ると、あらたまった顔で話し始める。

「百瀬先生から聞いたかもしれないけれど、わたし、宇野先生を応援することに決めたんです。気楽なひとり暮らしで、家族に迷惑をかけることもありません。このあいだひょいと一億円が手に入ることになって」

「ひょいとですか？」

「ええ、ポチがね、ここほれワンワンで、庭から大判小判がざっくざくですの」

トモエと勝子はあははは、と同時に笑った。見た目は似ていないが、笑いかたはそっくりだと百瀬は気づく。

「ひとりでつつましく暮らす蓄えはありますの。先も短いですしね。それで、一億円を寄付したいのですが、百瀬先生は現金の寄付は難しいと言うのです」

勝子はうなずく。

「選挙に落ちたのはご存知ですよね。わたし、事務所を閉じたんです」

「政治家をやめちゃうのですか？」

「はい」

「そう。残念ね。わたし、あなたのキャンペーン、好きだったわ。杉にかこまれて演説しているあなたの姿。鬼退治の桃太郎みたいだった。えいやって、花粉をやっつける」

百瀬はテレビを抱きしめて涙するトモエの姿を思い出す。奥底にしまいこまれた記憶が呼び覚まされ、「出たい」と訴え始めたのではないか。しまわれた記憶の訴えをトモエ本人は「公約に感動した」と解釈しているのではないか。

「小高さんは花粉症ですか？」と勝子は尋ねた。

「いいえ、わたしは平気なんです。でも春になるとみなさんマスクをして苦しそうでしょう？　みんなが苦しんでいる時に自分だけ春を満喫するのは気が引けますの。だから、花粉一掃キャンペーン、期待していました」

人の気持ちに寄り添う性格なのだ、と百瀬はあらためて思った。ポチの死を受け入れられないのも、事故時のポチの痛みを感じてしまうからだろう。

「キャンペーンはやめません」と勝子は言った。

「えっ」百瀬は驚いた。

勝子は淡々と話す。

「わたし、住民票をもえぎ村に移して、山暮らしを始めるんです。もっと山を知り、もっと杉を学び、花粉の被害を減らす方法を地道に考えます」

なんということだ。この展開を百瀬は予想しなかった。職と家を失った勝子に「この家がある」と伝えたくて、連れてきたのだ。親子ふたりで住むのにちょうどよい広さだと思ったのだ。

トモエは身を乗り出す。

「伐って伐って伐りまくるんじゃなくて？」

「ええ、伐りまくるのは間違いでした。行政の手で人工的に杉だらけの山にしてしまったとはいえ、百年近くもその状態が続いたので、すでにそこで暮らす生物たちがいます。彼らは今の環境に適応して暮らしています。急な変化はよくないと気づいたのです。方法はまだ手さぐりです。でも、具体策を教えてもらえる当てはあるんです。わたしももう四十七歳。残りの人生をかけて、どれくらいやれるかわからないけど、一度決めたことは、最後までやり抜く決意です。購入した土地に住み、そこで暮らす人となって、花粉問題に取り組みます」

百瀬は問う。

「古井さんやカエさんはそのことを知っていますか？」

勝子は首を横に振る。

「今までじゅうぶん過ぎるほど働いてくれました。これ以上巻き込みたくない。佐々木もそう。わたしは国会議員ではなく、ひとりの活動家として、花粉問題に取り組みます」

百瀬は言葉を失った。

宇野勝子は「鉄の女」なのだ。周囲が思うよりも強い人で、周囲が思うよりも繊細な人だ。繊細だからこその強さを持っている。

このような人に政治をやってもらえたら、と思う。為政者にふさわしい人だ。

熱心に聞いていたトモエは、ぽろりとつぶやく。

「いいなあ、山暮らしなんて。わたし、山が好きなの」

いいなあ、いいなあと愛らしくつぶやく。

勝子はそんなトモエをじっと見つめていたが、ふと、思いついたように言う。

「小高さんもいらっしゃいますか？」

部屋はしいんとした。トモエはぽかんとしている。百瀬もだ。

勝子はまるでお茶に誘うような気軽さで話す。

「一緒に山暮らし、してみます？　ダニに食われるし、猿もいますし、熊も出ますよ」

百瀬はなるほど冗談なのだと理解した。ところがトモエはぱっと頬を紅潮させた。

「いいんですの？　本気にしました」

百瀬はあわてた。

「何をおっしゃるんですか。足がお悪いでしょう？　それにこの家はどうします？　素敵な家じゃないですか。ポチだって」

「足はずいぶんといいんです。この家は誰かに貸します。そうだ先生、店子《たなこ》を探してくださる？　もちろんポチは連れていきますよ。唯一の家族ですから」

勝子は一瞬寂しそうな顔をした。唯一の家族という言葉に、寂しさを感じたのだ。が、すぐに笑顔を取り戻し、トモエの手を握った。

「もえぎ村のわたしの家をシェアしませんか？　互いに自分のしたいことをして、ご飯だけ一緒に食べるというのは、どうでしょう？」

「そうする！　そうさせて。お家賃を払うわ。払わせてね。一億円もあるのだから、何年も居座りますよ」

百瀬は呆れた。なんだかこのふたり、そっくりだな、と思った。

第七章　それぞれの家

野呂は経理の集計をしながら、百瀬に尋ねた。

「宇野先生はもう山へ移られたんですか？」

百瀬は無言だ。デスクの上に重ねた資料に没頭しており、野呂の問いが脳に届いていないのだ。バイトで事務所にいる正水直が、「今、先生は放尿報復事件の解決法を模索中なんです」と言った。

「なるほどあれはやっかいですねえ」と野呂は顔をしかめる。

お隣で飼われている猫が自分の庭で毎日排尿、排便するのを気に病んだ男が、猫の便を一週間採取して袋にため、「オタクの猫のです」とお隣に届けた。すると、「それはわざわざありがとうございます」とお礼を言われた。

「お礼ではなく詫《わ》びだろ！」

カッとなった男は、その場で玄関ドアに立ちションをした。驚いた猫の飼い主が悲鳴をあげたところ、巡回中の警察官が駆けつけ、男はその場で逮捕された。

通常の立ちションであったら、軽犯罪法違反の罪であり、「切羽詰まった事情」と考慮されれば、厳重注意で済む。しかし、人の目がある場所で放尿すると、公然わいせつ罪となる。すると六ヵ月以下の懲役もしくは三十万円以下の罰金または拘留もしくは科料に処する、となってしまう。

百瀬は被告人の家族から男の罪を軽くするよう頼まれた。少なくとも、公然わいせつではない、と立証してほしいと懇願された。男には年頃の娘がおり、縁談に響くというのだ。

被害者の女性は九十五歳。飼い猫の管理ができなくなったのは加齢のせいだし、わいせつ行為をされたとも思っていない。ただただ、びっくりして声をあげただけだ。

被告人の行為は許されないが、猫の糞尿ノイローゼ状態であり、わいせつの意図はなかったと弁明はできる。が、人前での陰部の露出を「無罪」にするのは極めて難しいのである。わいせつ目的でそうした人間が「意図はない」と言い逃れる前例を作ってしまってはいけないから、司法は慎重になる。

それだけではない。百瀬は猫も気になっている。被害者の女性の生活状態も気になっている。それらが脳の中で散らばり、すべてがうまくゆくよう、打開策を模索している。


「宇野カツさん、お元気?」

雷のような声にびくっとして、百瀬は顔を上げた。

「どうしました? 七重さん、いきなり大声を出して」

「いきなりじゃありませんよ!」と七重は呆れた。

「一時間前に野呂さんが、宇野先生はもう山へ引っ越したんですかと尋ねました」

「そうでしたか、すみません」

「まったくもう、がっかりですよ。せっかく国会議員の顧問弁護士になれたのに、落選はするし顧問料はなくなるしで」

そうは言いながらも、七重は冬のボーナスをちゃんと貰えたことで、機嫌がいい。

野呂は七重ほど純粋には喜べない。今この事務所にいる中で、百瀬だけがボーナスを貰えていないのだ。バイトの正水直にもクリスマス手当として金一封が出た。十三匹の猫にも特別なおやつが配られた。通常通りは百瀬太郎ひとりなのである。すべて百瀬の意向だ。

　こんなことで大福亜子を幸せにできるのだろうかと、野呂ですら不安になる。

　百瀬は言う。

「宇野勝子さんは山へ移住して、さっそく活動を始めていますよ」

「活動って？　政治家はやめたんですよね」と七重は問う。

「自分の土地の現状を観察して、杉について調査を進めています。もえぎ村の村長とも協力して、土地開発を進めるようです」

「やはり街を作るんですか？」

「杉の山を天然林に戻す事業を進めるそうです」

「どういうことですか？」

「今ある杉林は、百年近くも前に国家事業で植林された人工林です。それをもとから自生していた広葉樹へ植え替えるのです。すぐに全部ではなく、何年もかけて少しずつ自然な姿に戻します。杉も適切な量を残します。杉は日本の固有種ですし、良質な木材ですからね。伐った杉は有効利用し、林業活性化を図ります」

　七重は首を傾《かし》げる。

「広葉樹にする意味ってあるんですか？」

「葉が落ちるので、腐葉土が堆積します。堆積した腐葉土は保水性が高く、土砂崩れが起きにくい山となります。また、どんぐりなども落ちますので、山の上に住む動物は食料が足り、里へ降りて畑を荒らすこともなくなります。もちろん、杉花粉は激減します」

七重は「頭が痛くなってきた」と言った。腐葉土とか堆積など普段耳にしない言葉が苦手なのだ。

「政治家でもないのに、ひとりでそんなことできるんですか」と野呂は問う。

「彼女に賛同して、事業に投資したいという方が現れました」

「小高トモエさん？」

「いいえ、彼女は純粋なルームメイトです。小高さんもクリスマスまでには山の家に越すそうです。ポチと一緒に」

「じゃあ誰が？」

「森林蔵さんとの縁談を望んだ女性がいて」

「ああ、大福さんが命がけで縁談をもちこんだ、例の人ですね」

「はい、乃里子シュバリエさんとおっしゃいます。縁談はだめだったのですが、それをきっかけに宇野勝子さんの活動を知り、ぜひ参加したいとおっしゃって、投資を申し出たそうです。山には住めないけど、活動を応援するとおっしゃって。パワフルなかたで、宇野さんとはウマが合うようです」

野呂は安堵する。

「宇野勝子さんは政治家ではない。民間事業への投資はウエルカムですよね」

「ええ、でも、乃里子シュバリエさんはいずれ宇野さんを政界に戻したいとおっしゃる。宇野さん自身は国会議員に戻る気はないとおっしゃっています」

「本人にその気がないなら無理ですよね」と野呂は言う。

「国会議員ではなく都知事にぴったりだと乃里子シュバリエさんはおっしゃるのです」

「都知事？」

「国会議員は国会に法案を提出するのが仕事です。提出する条件をクリアするのがたいへんですし、国会での審議にも時間がかかる。与党に属していなければ、賛成多数を得られません。根回しが仕事と言ってもいい世界です。それよりも、民の生活に実行力を持つ都知事のほうが宇野さんには向いているとおっしゃり、秘書だった佐々木学さんがその話に乗って」

「あのカメレオンの？」

「はい、佐々木さんはもえぎ村役場に臨時職員として雇ってもらって、宇野先生をくどき落とすんだって、はりきっています。次の都知事選出馬に目標を定めています」

トヨタ・クラシックは売却されたが、佐々木は宇野勝子から手を引かなかった。もえぎ村役場の職員寮でパスカルと暮らしている。村では虫が採取し放題なので、餌代が浮くとうれしそうだ。

選挙に勝った桃川いずみも宇野勝子を慕って山へ通っているらしい。勝子が都知事選出馬を決意すれば、桃川いずみの応援を得て、案外ほんとうに、なれてしまうかもしれない。

七重はやれやれ、と肩をすくめた。

「あっちがこっちと結びついて、パズルがはまるように、おさまるところにおさまったんですね。ぜんぶ百瀬先生のおかげですよ」

「わたしは何もしていません。女性の凄《すご》さに驚くばかりです」

七重は微笑む。

「先生がおかあさんに会えたこと、それがまずわたしはうれしいです」

「そうですそうです、めでたいことです」野呂は感無量となり、涙ぐむ。

「ありがとうございます。ただひとつ、ひっかかっていることが」と百瀬は言う。

「なんです？」

「ポチです。飼い主不明のまま小高さんの犬となりました。あの犬はふと現れ、一億円を小高さんにもたらし、娘さんとの縁を結んだ。もともとは誰が育てていたのでしょうか。飼い主は今どうしているのでしょう」

「決まってるじゃないですか！」

七重は先代ポチの骨壺に手を置き、断言した。

「ポチは、この子です」

「えっ」

「でっかく生まれ変わって、小高さんのもとに戻ったのです」

「ええっ」

「一億円は犬の恩返しですよ。東大出ているのに、そんなこともわからないんですか」

百瀬と野呂は顔を見合わせる。

七重はさっさと猫のトイレの掃除を始めた。鼻歌を歌っている。

野呂はくすりと笑い、「あんがい、そうかもしれませんね」とささやく。

「七重さんの言うことは、一見めちゃくちゃですけど、自然の理に適《かな》っている気がします」

百瀬はうなずく。

「そうかもしれませんね」

女性は落としどころを見つけるのが得意だな、と百瀬は思った。

話が落ち着くと、正水直が遠慮がちに近づいてきた。

「アパートの管理のことでご相談があるのですが。今、いいですか？」

百瀬がうなずくと、直は言った。

「部屋を借りたいという申し込みが急に増えて、部屋数がふたつ足りないのです。こういう場合、抽選でいいですかね？　それとも面接で選びますか？」

「足りない？」

「春美さんは出産したばかりで、ご相談できなくて」

「そうだった。管理を任せきりですみません。でもあのアパートにたくさんの希望者だなんて、どうしたことだろう？」

百瀬の学生時代は人気のアパートだった。しかし時は流れて築年数が嵩《かさ》み、社会も変化した。学生もマンションを選ぶ時代となり、時代遅れのアパートはいつもどこかが空室であった。

直は言う。

「デジタル化が進んで会社員がリモートで仕事をするようになり、自宅に書斎がない人が、目をつけたようです。立地はいいし、ひとりで仕事をするには充分な広さだし、なにせ安いので」

「時代が変わると需要も変化するんですね」と野呂も驚いている。

百瀬は言う。

「実は小高さんの家の管理を任されていて、店子を募るところなんだ。アパートを希望した人を二組回して、シェアハウスにしたらどうだろうか？　あの家は小高さんの亡き夫が妻のためにと用意した大切な家だから、丁寧に住んでくれる人がいいと思うんだよね。やはり、面接したほうがいいかもしれない。正水さんには荷が重いだろうから、わたしが面接をします」

神妙な顔で聞いていた直は、「あっ」と叫んだ。

「百瀬先生があの家に住めばいい！」

「え？」

「百瀬先生と亜子さんの新居にすればいい！　そうだそれがいい。小高さんも喜びます！　そしたらアパートの部屋がふたつ空きます。ばっちりです！」

百瀬はぽかんとした。

七重はにこにこ顔で百瀬の肩をぽんと叩いた。

「たまには自分を頭数に入れないと、大福さんを幸せにできませんよ」

大福家の二階で、亜子はベッドに腰掛け、慣れない手つきで小さな命を抱いていた。

「だめだ、緊張で手が震えるう。助けて春美ちゃん」

訪問着に身を包んだ春美は慣れたしぐさで我が子を受け取る。

「すっかりプロママねえ」

亜子が羨望の眼差《まなざ》しで見つめると、春美は「まだ初心者マークですよ」と余裕の笑みを浮かべた。

亜子が入院中、「テヌーとわたし、どっちが勝ったかな」と呑気なメールを打っていた時、春美は分娩《ぶんべん》台の上で雄叫びを上げながら新しい命をこの世に送り出していた。

低体重で生まれた女の子。しばらく保育器の中にいた。名前は美亜《みあ》。

「春美の美に亜子の亜をつけた」と春美は言う。

それを聞いた時、亜子は恐れ多くて縮み上がった。

「決定しちゃったの？」

「出産の痛みに耐えたわたしに名付けの権利があると隼人は言いました。隼人は帰国できないから姑がスマホでビデオ通話をしてくれて、リモート立ち会い出産だったんです。わたしあまりの痛さに吠えていたらしい」

大事をとって遅らせたお宮参りを終え、帰りに大福家に寄ってくれたのだ。

「亜子先輩の亜という字には、次の、とか二番目の、という意味があるらしいですよ。だから姑も、人を立てる謙虚さを持った美しい子という意味で、いいんじゃないと、賛成してくれました」

階下では春美の姑の赤坂夫人と亜子の両親がお茶を飲みながら、話がはずんでいるようだ。笑い声が聞こえる。春美の両親は愛媛で農業を営んでいるため、上京できない。大福家は春美の実家の東京支部として、協力を惜しまないつもりだ。

亜子は美亜に小指を握らせてみる。やわらかくてちいさくて、でも確かな握力。なんとも言えない感情がわき起こる。

「うちの両親、子どもが大好きなの。美亜ちゃんを時々抱かせてやってね。わたしはまだおかあさんになれなくて、申し訳ない気持ちよ。結婚もまだだし、きっと両親は気を揉んでると思う」

春美は「申し訳なくないですよ」と言う。

「わたしね、亜子先輩にも早くママになってもらって、一緒にママトークしたいと思っていたけど、今は違います。産むとたいへん。毎日へとへとで我が子をかわいいと思う余裕なんてないっすよ。亜子先輩がうらやましい。今のうち猫弁とベタベタしておくといいですよ」

ベタベタできないから子どもができないんじゃない、と亜子は思ったが、はしたないので口には出さない。

「足はどうですか？」

「ギプスは取れたけど、まだリハビリ中」

「いつアパートに戻るんですか？」

「そろそろと思ってる。仕事はリモートでできるので、すっかり治ってから会社に来いって上司から言われているの」

「実家でいたれりつくせりの生活しちゃって、あのぼろアパートに戻る気失《う》せたんじゃないですか」

「ここには百瀬さんがいないもの」

「やっぱ子どものいないカップルのラブラブ感すごーい」

あははと春美は笑う。

春美はいつもの春美なのだが、でも微妙に変わってしまった。夜泣きで睡眠不足らしく、やつれてはいるが、母である喜びと充実感に満ちあふれている。本人は気づいていないようだが、女としての余裕みたいなものを感じさせる。

もうずっと先を歩いている春美。彼女に先輩と呼ばれると、亜子は落ち着かなくなる。春美先輩と呼びたいくらいだ。

春美が帰ったあと、亜子はベッドに仰向けになって天井を見た。幼い頃から見慣れた木目がそこにある。春美にはああ言ったものの、たしかに実家は居心地がよい。ひとり暮らしのあとだから、なおさらそれを感じる。母の作るご飯。ゆったりと足を伸ばせる湯船。

百瀬には会いたい。けど。

結婚が延期となり、勇んでアパートへ越し、隣の部屋をゲットしたものの、百瀬との距離はなかなか縮まらない。想像していたよりもはるかに百瀬は忙しく、久々に会えても、いつまでも礼儀正しい。なかなか進展しない関係に焦りを感じる。近づきたいのは自分だけなのだろうか。ならばアパートに戻っても、寂しいだけかも。このままもう少しうちにいようか……。

ピンポーンと呼び鈴が鳴った。宅配便だろうか。母の声が下から響いた。

「亜子、百瀬さんが見えたわよ」

手すりにつかまり、時間をかけて下に降りると、和室の居間で父の徹二《てつじ》と百瀬が向き合っている。百瀬はスーツを着てかしこまっており、徹二はしぶい顔で腕組みをしている。赤坂家を迎えるために父は和服を着ていたのだ。百瀬はスーツだし、なんだか結婚を申し込みに来た図に見える。

母の敏恵《としえ》が亜子に椅子を用意してくれて、ささやいた。

「来るなら来るって教えておいてよ」

「わたしも知らなかったの」

女同士でひそひそ話す。

百瀬は亜子をちらとも見ずに、徹二と対峙《たいじ》している。

徹二はさっそく苦言を呈す。

「人の家を訪問する際には前もって電話なり入れるのが常識だ」

「突然の訪問、失礼いたしました」

百瀬は手をついて、頭を下げた。

亜子はドキッとした。これは、やはりあれだ。ドラマで見たことがある。「おじょうさんをください」のシチュエーションではないか？

徹二もそう思ったようで、顔をこわばらせている。敏恵はお茶を用意するのを忘れて、息を止めて見つめている。

大福家全員が注視する中、百瀬は言葉を発した。

「おじょうさんをくださいと」

と？　大福家の三人はあれっと思った。

「以前野呂さんがこちらで申し上げたそうですが」

は？

「撤回します」

そう言って、百瀬は頭を上げた。

テッカイ？

徹二は頭がまっしろになり、何も言えない。敏恵は息を止めたまま、吸うのを忘れている。亜子はというと、妙に落ち着いている。

亜子は百瀬に慣れてきたのだ。腹が据わり、どこからでもかかって来い、な気分である。ありえない言葉でも、百瀬が言うなら、ありうるのだ。意味不明だが、きっと、ありなのだ。

百瀬はハキハキとしゃべる。

「わたしは大福亜子さんと結婚して夫となりたいと思っています。わたしが大福さんの夫となっても、大福さんがご両親の娘さんであることに変わりはなく、くださいとかあげるとか、物品のような表現はわたしにはできかねます」

徹二はまだぽかんとしているが、敏恵はああそういうことか、と納得した。が、そんなことを言いにわざわざ来るとも思えず、本論はこれからだと推測した。だから聞き逃さぬよう、お茶はあとまわしにする。

百瀬は話を続ける。

「結婚式はわたしの母の出所までお待ちいただけると伺いました。お気遣いありがとうございます」

百瀬は再び頭を下げた。

徹二は今何が起こっているかちっともわからず、こんなすっとこどっこいに毎度振り回される自分が嫌で、茶々を入れたくなった。

「母君が脱走したら、ご破算だがな」

「おとうさん、失礼よ」と亜子がたしなめた。

百瀬はハッとしたように、顔を上げた。

「なるほど脱走は想定外でした。その場合はどうするか、考えないといけませんね」

そしておもむろに天井を見た。

亜子はこの仕草の意味を知っているが、両親は不思議に思い、うちの天井に蜘蛛でも張り付いているかしらんと、みなが天井を見上げた。

亜子は言う。

「百瀬さん、今のは父のジョークです。脱走だなんてまさか。考える必要はありません」

百瀬は亜子を見た。

今日初めて百瀬と目が合い、亜子は確信した。やはり好きだ。大好きだ。こんなに彼を好きなのだから、迷うことはない。アパートに帰ろう、早く帰ろうと、胸が高鳴る。

「それより、おっしゃりたいことがあって、いらしたんですよね」と敏恵がせかす。

百瀬は「はい」と言った。もう天井を見るものはいない。

百瀬は徹二と敏恵と亜子を順番に見てから、言った。

「新居をご用意しました。大福さんとふたりでその家で暮らしたいと思います。どうか、一緒に暮らすことをお許しください」

百瀬は頭を下げた。部屋はしいんとした。

徹二は亜子を見た。

「お前、親に内緒で家を探していたのか」

「いいえ、今初めて聞きました」

亜子はひどく驚き、呆気にとられた。いくら慣れてきたとはいえ、やはり百瀬の言動は予測できない。

敏恵は「どういうこと？　おかあさんよくわからないわ」としどろもどろだ。

百瀬は顔を上げた。

「わたしは大福さんと一緒に暮らしたいと思っています。式も入籍もまだですが、一緒に住むことをご両親と大福さんにお許しいただきたく、本日ここに参りました」

部屋は再びしいんとした。

徹二も敏恵も亜子も、「まずは婚約者の同意を得てから、両親へと話を進めるべきだろう」と思ったが、三人とも若干百瀬に慣れてきたので、彼のやり方だと同時になってしまうのだ、と納得した。

亜子は尋ねた。

「どんなおうちですか？」

百瀬は内ポケットから紙を出して広げた。間取り図である。

三人は図に見入った。

「五十坪の庭に三十七坪の平屋の賃貸住宅です。築四十年ですが、たしかな建築です。家賃は月十万で管理費礼金はありません。リフォームせずにそのままを使わせていただくことになりますが、丁寧にお住いの方なので、問題なく暮らせます」

徹二は言った。

「この広さで十万は安すぎる。どこか地方か」

「いいえ、新宿区です。大福さんの職場には今より近くなります」

「新宿区でこの安さは怪しい」

「わたしが財産管理を任されてる依頼人の所有物なのです。そのかたが引っ越すことになりまして、管理を任されました。わたしが住むならばと、良心的な条件をご提示いただきました。これならばわたしの収入でも支払い可能です。大福さんとご両親が気に入ってくださったら、今日にでも本契約いたします」

「気に入りました」と亜子は言った。

「すぐにでもふたりで暮らしたい」

亜子の目からふいに涙がこぼれた。長かった、すごく長かった。ここまでの道のりが。長すぎた。たどりついてみると、さっきまでの自分がいじらしく思える。よくぞ待てた。よくぞ待てたぞ、自分。亜子は自分で自分を褒めたくなる。

徹二は思わずもらい泣きしそうになったが、堪えた。

敏恵は「ふたりで暮らすのは賛成ですよ。今のアパート暮らしのほうがよほど心配でした」とチクリと本音を言った。

「いいですね？　おとうさん」と敏恵は言い、徹二は「うむ」と言った。

百瀬は「ありがとうございます」と言った。そして話を続ける。

「すぐにではなく、あと少しだけ、待っていただけますか。この家はまだ引っ越しが済んでいません。引っ越しが済んだあと、わたしが掃除をします。多少の修繕も必要かもしれません。そのあとに、アパートの荷物をこの家に移します。引っ越し業者に頼まず、わたしがやります。近所の商店街のみなさんが、リヤカーを貸してくれるそうです。何度か往復して大福さんの荷物とわたしの荷物を運びます。仕事をしながらなので一ヵ月くらいかかります。大福さんは足が完治するまで、いや、そのあともしばらくご実家にいてください。すべてが整いましたら、わたしがここにお迎えにあがります」

三人は胸がいっぱいになった。ひじょうに貧乏くさい話なのだが、なぜかしらみな一様に感動していた。

徹二は感動してしまった自分が嫌で、茶々を入れたくなった。

「娘もリヤカーで運ぶつもりか？」

百瀬が帰ったあと、徹二はぶつぶつ文句を言った。

「今どきリヤカーで引っ越しだなんて、恥ずかしくないのかあいつは。人にじろじろ見られるぞ。体力もいるし、まあ無理だな。それにあいつ、大福さん大福さんって、いつまで苗字で呼ぶつもりだ。三人とも大福さんだからまぎらわしいことこのうえない」

敏恵はしみじみと言う。

「なんだか人をどきどきさせる人ですねえ。白馬に乗った王子さまとは程遠いけど、でもおかあさん、なんだかうらやましかった。ロマンチックで」

「リヤカーがロマンチックか？」

「そうなのよねえ、ロマンチックの逆よねえ。でもねえ、なんだかうらやましいの」

「ふん、わたしよりあいつがいいのか？」

「あなたのほうがいいに決まってますよ。どきどきしませんから」

「どきどきせんのか、わたしは」

「心臓が悪いわたしには、それが一番なんですよ」

両親の会話を黙って聞いていた亜子は、子どものようにつぶやいた。

「おかあさんのご飯、まだとうぶん食べられる」


トモエははずむように歩いている。

ゆるやかな山道、杉林からこぼれる朝日、吐く息は白い。ポチはトモエの前を駆け、時には後ろを駆ける。ここではリードなんて要らない。

霜柱の間に福寿草の蕾《つぼみ》が覗く。まっ黄っ黄。地面からひょっこり顔を出す小さな太陽。トモエが最も好きな花だ。

山暮らしを始めて二ヵ月が経った。山といっても里に近く、村役場に歩いていける距離にある古い日本家屋で、元国会議員の宇野勝子と暮らしている。

先に勝子が暮らしていて、畳や襖を張り替えたあとに、トモエが加わった。クリスマスイブに手作りのブッシュドノエルを持って入居した。ふたりで口周りを茶色に染めながら食べた。愉快なイブの夜であった。

それぞれに個室を持ち、居間や水回りは自由に使う。

ふたりともひとり暮らしに慣れていて、家事はできるし綺麗好きだ。掃除も気が付いたほうがやり、生活は快適である。

家は広いがたいへんに古く、あちこち手を入れる必要があった。風呂やトイレは村の工務店に頼んでリフォームし、障子張りはふたりでやった。毎日が楽しく、あっという間に過ぎてゆく。こんなスピードで日が過ぎれば、すぐさま寿命が尽きる。足が大丈夫なうちはここにいて、いよいよとなったら、施設でお世話になろうとトモエは思う。それまではここで楽しもう。やはり山が好きだ。

除夜の鐘を聞きながら、勝子は言った。

「わたしは年が明けたら仕事をします。小高さんは自分のリズムで生活をしてください」

掘りごたつのあたたかさが心地よい夜だった。誰かと年を越すのは良いものだとトモエはしみじみ思った。「ご飯くらい作らせて」と申し出て、夕食は一緒に食べる約束をした。

言葉通り、勝子は毎日山へ登ったり、村役場の人となにやら話し合ったりして忙しくしている。花粉症対策を進めているのだ。都心からさまざまな人が勝子に会いに来るが、勝子は村役場の応接室を借りて、そこで会議をする。手伝う余地はない。月に一度、勝子は山小屋へ泊まりに行く。その日だけトモエはひとりで夜ご飯を食べる。「山を学ぶためだ」と勝子は言う。山小屋の場所は教えてくれない。心配ではあるが、無事に帰ってくるし、気にしない。同居人はひとりで立てるおとなだ。トモエの出る幕はない。

勝子が取り組んでいるのは、五十年先、百年先を見据えた計画だそうだ。トモエは「死んだ先のことなんて関係ないわ」と知らんぷりをしている。手伝いたくなる気持ちを抑えて、自分の時間を慈しむ。そう、トモエ自身も忙しいのだ。

野鳥の声で目覚めると、ポチと朝ご飯を食べ、寝ている勝子には声をかけずに家を出る。ポチとともに杉の香りの中を歩いてゆくと、三十分ほどで村役場に到着。毎朝テラスでハーブティーを注文する。一杯三百円で、ゆったりとティータイムを過ごすのが習慣だ。村役場の職員や役場に出入りする人たちと挨拶をしたり、時に話し込んでゆく人たちもいる。クッキーを焼いて持っていき、一緒につまみながら過ごしたりもする。野菜をわけてくれる人がいて、その野菜を使ってトモエがケーキを焼き、その人の家の縁側で一緒に食べたりもする。

週に二回、テラスは三十分ほどツアー客貸切《かしきり》になる。以前は毎日だったそうだが、ツアーは土日だけと決まったらしい。人気はあって、毎回盛況である。

村長の恩田に頼まれて、トモエは客の前で十分ほど「トーク」をする。

都心から移住して、今どういう暮らしをしているかを話すのである。シェアハウスで若者と同居している話はとてもウケる。その若者は四十七歳だというと、爆笑される。トモエにしたら若者なので、ウケ狙いではない。

十分話して、謝礼をもらう。二千円だ。労働に対価があるのが、すごくうれしい。

本日はツアーがない。ポチとの散歩は寄り道したってかまわない。

わん、とポチが吠えた。

タタタッと、杉の幹を登っていくちいさな姿が見えた。リスだ。ポチは興奮し、サモエドスマイルでトモエの周囲をくるくる走り回る。

「あははははは」

楽しくてつい子どものように笑ってしまう。

「わたし、アルプスの少女ハイジみたい」

都心にいた時は自分を「七十歳のおばあさん」と意識しながら生活していた。意識するとどんどんそうなっていった。ここでは少女に戻る。足もだいぶ鍛えられた。

「わたしがハイジならあなたはヨーゼフね」とポチに話しかける。

ポチはきょとんとしたが、トモエもきょとんとした。

ヨーゼフって何だっけ？

そうそう、ハイジの親友の犬だ。

あれ？

ハイジに親友の犬なんていたっけ？

少女時代にスイスの作家ヨハンナ・スピリの『アルプスの少女ハイジ』を何度も読んだことを思い出す。山を好きになるきっかけとなった児童文学だ。その本にヨーゼフはいなかった。

そうそう、ヨーゼフはアニメーションの『アルプスの少女ハイジ』に出てくる犬だ。原作が好きだから、アニメも見たんだっけ。

日曜の夜、家事を早めに終わらせて見た。そう、あの頃は家事に追われていた。家事だけではなく、絶え間なく仕事があった。役割で日常が埋め尽くされていた。もう大人になっていた。毎日が忙しく、息つく間もない生活で、緊張しっぱなしの日々だった。

日曜夜のあの時間だけが特別だった。

ひと息ついて、一緒に見たのだ。体をくっつけて見た。

誰と？

そうそう、ちいさな女の子と見た。

ちいさなちいさな女の子。トモエの膝に乗って、手足をバタバタさせて、「ハイジ」と言えずに「ハジー」と言った。お尻のぬくもりを膝が覚えている。

「ハイジよ」

「ハジー」

だんだんこちらも「ハジー」って言うようになったんだっけ。

アルプスの少女ハジー。

「小高さーん」

背後から声がかかり、トモエは振り返った。

遠くから杉林の間をこちらに向かって駆けてくる。

「待ってえ。これからわたしも役場へ行くんです。一緒に行きましょう」

駆けてくる。どすどすどすっと駆けてくる。

おっきなおっきな女の子。

トモエの全身の細胞は花開き、世界が歓喜の光に満ちた。

「勝っちゃん？」

女の子がころばぬよう、トモエは両手を広げた。

本書は二〇二一年七月に小社より刊行されました。

|著者|大山淳子　東京都出身。2006年、『三日月夜話』で城戸賞入選。2008年、『通夜女《つやめ》』で函館港イルミナシオン映画祭シナリオ大賞グランプリ。2011年、『猫弁～死体の身代金～』にて第三回TBS・講談社ドラマ原作大賞を受賞しデビュー、TBSでドラマ化もされた。著書に「あずかりやさん」シリーズ、『赤い靴』など。「猫弁」シリーズは多くの読者に愛され大ヒットを記録したものの、惜しまれつつ、2014年に第1部完結。2020年に『猫弁と星の王子』を刊行し、猫弁第2シーズンをスタート。

JASRAC 出2204459-201

猫弁《ねこべん》と鉄《てつ》の女《おんな》

大山淳子《おおやまじゅんこ》

2022年7月15日第1刷発行

発行者──鈴木章一

発行所──株式会社　講談社

東京都文京区音羽2-12-21　〒112-8001

電話　出版（03）5395-3510

販売（03）5395-5817

業務（03）5395-3615

Printed in Japan

講談社文庫

定価はカバーに表示してあります

KODANSHA

デザイン─菊地信義

本文データ制作─講談社デジタル製作

印刷───株式会社広済堂ネクスト

製本───株式会社国宝社

ISBN978-4-06-528112-3

講談社文庫刊行の辞

二十一世紀の到来を目睫に望みながら、われわれはいま、人類史上かつて例を見ない巨大な転換期をむかえようとしている。

世界も、日本も、激動の予兆に対する期待とおののきを内に蔵して、未知の時代に歩み入ろうとしている。このときにあたり、創業の人野間清治の「ナショナル・エデュケイター」への志を現代に甦らせようと意図して、われわれはここに古今の文芸作品はいうまでもなく、ひろく人文・社会・自然の諸科学から東西の名著を網羅する、新しい綜合文庫の発刊を決意した。

激動の転換期はまた断絶の時代である。われわれは戦後二十五年間の出版文化のありかたへの深い反省をこめて、この断絶の時代にあえて人間的な持続を求めようとする。いたずらに浮薄な商業主義のあだ花を追い求めることなく、長期にわたって良書に生命をあたえようとつとめるところにしか、今後の出版文化の真の繁栄はあり得ないと信じるからである。

同時にわれわれはこの綜合文庫の刊行を通じて、人文・社会・自然の諸科学が、結局人間の学にほかならないことを立証しようと願っている。かつて知識とは、「汝自身を知る」ことにつきていた。現代社会の瑣末な情報の氾濫のなかから、力強い知識の源泉を掘り起し、技術文明のただなかに、生きた人間の姿を復活させること。それこそわれわれの切なる希求である。

われわれは権威に盲従せず、俗流に媚びることなく、渾然一体となって日本の「草の根」をかたちづくる若く新しい世代の人々に、心をこめてこの新しい綜合文庫をおくり届けたい。それは知識の泉であるとともに感受性のふるさとであり、もっとも有機的に組織され、社会に開かれた万人のための大学をめざしている。大方の支援と協力を衷心より切望してやまない。

一九七一年七月

野間省一

講談社文庫 最新刊

東野圭吾　希望の糸
「あたしは誰かの代わりに生まれてきたんじゃない」加賀恭一郎シリーズ待望の最新作！

上田秀人　戦端〈武商繚乱記（一）〉
豪商の富が武士の矜持を崩しかねない事態に。瞠目の新機軸シリーズ開幕！〈文庫書下ろし〉

桃戸ハル 編・著　5分後に意外な結末〈ベスト・セレクション　心弾ける橙の巻〉
シリーズ累計430万部突破！　電車で、学校で、たった5分で楽しめるショート・ショート傑作集！

望月麻衣　京都船岡山アストロロジー2〈星と創作のアンサンブル〉
作家デビューを果たした桜子《さくらこ》に試練が。星読みがあなたの恋と夢を応援。〈文庫書下ろし〉

大山淳子　猫弁と鉄の女
今回の事件の鍵は犬と埋蔵金と杉!?　明日も頑張る元気をくれる大人気シリーズ最新刊！

西村京太郎　びわ湖環状線に死す
青年の善意が殺人の連鎖を引き起こす。十津川警部は闇に隠れた容疑者を追い詰める！

乃南アサ　チーム・オベリベリ（上）（下）
明治期、帯広開拓に身を投じた若者たちを描く、著者初めての長編リアル・フィクション。

濱野京子　with you《ウィズユー》
夜の公園で出会ったちょっと気になる少女。彼女は母の介護を担うヤングケアラーだった。

木下昌輝　つわもの
信長、謙信、秀吉、光秀、家康、清正、昌幸と幸村。桶狭間から大坂の陣、日ノ本一の兵《つわもの》は誰か？

水木しげる
総員玉砕せよ! 〈新装完全版〉
太平洋戦争従軍の著者が実体験を元に描いた戦記漫画。没後発見の構想ノートの一部を収録。

藤井邦夫
野暮天 〈大江戸閻魔帳(七)〉
腕は立っても色恋は苦手な麟太郎が、男女の事件に首を突っ込んだが!? 〈文庫書下ろし〉

伊兼源太郎
金庫番の娘
商社を辞めて政治の世界に飛び込んだ花織《かおり》が永田町で大奮闘! 傑作「政治×お仕事」エンタメ!

ごとうしのぶ
いばらの冠 〈ブラス・セッション・ラヴァーズ〉
シリーズ累計500万部突破!《タクミくんシリーズ》につながる祠堂《しどう》吹奏楽LOVE。

矢野 隆
川中島の戦い 〈戦百景〉
武田信玄と上杉謙信の有名な戦いの流れがリアルタイムでわかり、真の勝者が明かされる!

福澤徹三
糸柳《しやな》寿昭《としあき》
忌《い》み地 惨 〈怪談社奇聞録〉
実話ほど恐ろしいものはない。誰しもの日常とともにある実録怪談集。〈文庫書下ろし〉

手塚マキと歌舞伎町ホスト80人 from Smappa! Group
俵万智・野口あや子・小佐野彈・編
ホスト万葉集 〈文庫スペシャル〉
いま届けたい。俺たちの五・七・五・七・七!「歌舞伎町の光源氏」が紡ぐ感動の短歌集。

乗代《のりしろ》雄介《ゆうすけ》
本物の読書家
大叔父には川端康成からの手紙を持っているという噂があった——。乗代雄介の挑戦作。

マイクル・コナリー
古沢嘉通 訳
潔白の法則(上)(下) 〈リンカーン弁護士〉
ネットフリックス・シリーズ「リンカーン弁護士」原案。ミッキー・ハラーに殺人容疑が。

講談社タイガ

井《い》坂《さか》 暁《あきら》
世界の愛し方を教えて
媚《こ》びて愛されなきゃ生きていけないこの世界が、大嫌いだ。世界を好きになるボーイミーツガール。